De là où je suis

Guylaine Daigneault

De là où je suis

éditions
PRATIKO

1re édition © 2006 Éditions Pratiko

Révision linguistique : Chantal Lemay
Édition électronique : Infoscan Collette
Maquette de la couverture : Nathalie Daunais

Diffusion pour le Canada :
DLL PRESSE DIFFUSION INC.
1650, boul. Lionel-Bertrand
Boisbriand (Québec) J7H 1N7

ISBN 2-922889-33-5

Dépôt légal : 2e trimestre 2006
Bibliothèque nationale du Québec
Bibliothèque nationale du Canada

Imprimé au Canada

Chapitre 1

— Madame Donovan ?
  — Oui !
  — Madame Sarah Donovan ?
  — Oui ! Qui êtes-vous ?
  — Ici l'infirmière Stanfield, pourriez-vous vous rendre immédiatement à l'hôpital ?
  — C'est ma mère ?
  — Non, répondit l'infirmière.
Le silence était palpable, son cœur battait à vive allure. Elle reprit son souffle et demanda d'une voix tremblante :
  — Mais qui est-ce ?
  — Gabriel Hart.
Quelques secondes s'écoulèrent en silence ; je pus presque sentir son souffle s'arrêter.
  — Vous êtes là ? lui demanda l'infirmière.
  — À quel hôpital ? finit-elle par dire d'une voix devenue à peine audible.
  — Du Sacré-Cœur. Chambre 1122.

Je la vis sortir en courant, attrapant au vol son sac à main laissé sur la table dans l'entrée. Sa jupe volait derrière ses cuisses. Elle ne remarqua pas, à la brunante, le magnifique couché du soleil, elle qui l'admirait si souvent.

Elle mit une vingtaine de minutes à se rendre, alors qu'en temps normal, elle en aurait pris au moins quarante-cinq. Elle heurta presque la barrière d'entrée du stationnement. Je la vis, affolée, garer sa voiture. Jamais je ne l'avais vue dans cet état. Elle avait un tempérament calme, posé, elle était souvent souriante, comme si la vie malgré ses revers n'avait jamais réussi à l'atteindre complètement.

— Les ascenseurs?

— Tout droit au fond du couloir, répondit la préposée à l'information.

Elle courut jusqu'au fond du couloir et appuya à répétition sur le bouton comme s'il avait pu accélérer le retour de l'ascenseur. Aussitôt que les portes commencèrent à s'ouvrir, elle se précipita à l'intérieur, frappant de plein fouet la dame âgée assise dans un fauteuil roulant.

— Outch! lança Sarah en se heurtant le tibia.

— Vous pourriez faire attention, mademoiselle, répliqua la vieille dame.

— Désolée, répondit-elle simplement en appuyant sur le bouton numéro onze.

Les portes se refermèrent. Elle était seule. Son regard était inquiet, troublé. Elle respirait à peine. L'attente était interminable. Le son de la clochette retentit enfin. Le chiffre onze s'illumina et les portes s'ouvrirent au même moment.

— Chambre 1122, dit-elle, avançant vers le poste des infirmières.

— Dernière au fond du couloir à droite. Mais qui êtes-vous, mademoiselle?

Elle était déjà loin lorsque l'infirmière lui posa la question.

Elle arriva enfin, à bout de souffle, devant la porte fermée. Comme elle vint pour la pousser, elle entendit des pleurs. Elle vérifia à nouveau le numéro sur la porte avant d'entrer: 1122.

— C'est bien ici, pensa-t-elle.

Elle poussa la porte avec force. Quatre visages se tournèrent vers elle. Inclinant la tête vers la gauche, elle vit, recouvert d'un drap blanc, un corps allongé sur le lit.

— Qui êtes-vous? lui demanda une femme d'une quarantaine d'années.

— Sarah. Sarah Donovan.

Le visage de la femme se crispa. Le silence était lourd. Un homme d'une cinquantaine d'années ainsi que deux adolescents la regardaient avec dureté.

— Vous êtes Francis et Marie ? osa demander Sarah en s'adressant aux adolescents.

Ils firent signe que oui de la tête.

Elle venait de rencontrer mes enfants, mes enfants que j'aime tant et dont je lui parlais à l'occasion, lui racontant leurs bons comme leurs moins bons coups. J'aurais aimé qu'elle les rencontre dans une autre circonstance.

Elle tenta un pas afin de se rapprocher. Les quatre étrangers, qui ne l'étaient pas tant en fait, continuèrent à la dévisager en silence.

— Comment va Gabriel ? tenta Sarah.

Les quatre paires d'yeux au regard dur étaient pourtant remplies de larmes.

— Il est mort, répondit sèchement la femme de quarante-cinq ans, celle qui est mon ex-femme.

Sarah vacilla puis se rapprocha. À ce moment, je la sentis si fragile et si forte à la fois. Incroyablement, les quatre personnes à mon chevet s'éloignèrent la laissant se rapprocher. Elle s'avança doucement, se pencha vers moi. Les yeux remplis de larmes, elle mit sa main droite sur ma poitrine, sur mon cœur, comme elle l'avait fait tant de fois auparavant. Elle laissa s'échapper quelques larmes. Elle posa ses lèvres doucement sur mon front. Ensuite, appuyant sa main gauche sur mon front, elle la glissa jusque dans mes cheveux en guise d'adieux et partit sans se retourner.

Chapitre 2

— Bonsoir. Sarah, dit-elle souriante en me tendant la main.

— Bonsoir. Gabriel, dis-je, étonné qu'elle entame la conversation.

— C'est votre première visite dans ce genre d'endroit ?

— Non, et vous ? répondis-je.

— Excusez-moi, j'ai commandé un verre, je reviens.

C'était notre première rencontre. Elle était magnifique avec ses longs cheveux bruns qui tombaient sur ses épaules dénudées. Je remarquai à peine ce qu'elle portait, tant son sourire m'avait tout de suite charmé, mais pas autant que ses yeux pétillants et pleins de vie.

— Désolée. Le serveur me faisait signe d'aller chercher ma consommation, dit-elle en revenant, le verre dans une main et son sac à main dans l'autre.

— Que buvez-vous ?

Elle se contenta de sourire en me regardant droit dans les yeux.

— On peut se tutoyer ? me demanda-t-elle.

— Que bois-tu ? dis-je, étonné qu'elle veuille poursuivre la conversation.

— Margarita ! Et toi ? Tu as commandé quelque chose ?

— Une blonde !

— Tu n'aimes pas les brunes ? lança-t-elle à la blague.

— Bien sûr, mais pour la bière, je préfère les blondes !

Elle me sourit, s'éloigna et alla rejoindre ses copines. Nous ne nous adressâmes plus la parole de la soirée. Je l'observais, du coin de l'œil, danser avec ses amies. Je la surpris à quelques reprises à me regarder, mais sans plus. De toute façon, je comprenais qu'une fille comme elle ne puisse s'intéresser à un gars comme moi. Nous avions au moins une bonne dizaine d'années de différence d'âge. Elle était pétillante de vie, bien entourée d'amies, et moi, un solitaire déçu de sa vie familiale brisée, sans contact ou si peu avec ses enfants. Dans une crise existentielle qui durait depuis plus de deux ans, je n'avais que mes frères comme amis, et ma confiance envers les autres était nulle.

Une semaine passa lorsque je la revis.

— Bonsoir, Gabriel ! dit-elle en m'apercevant.

Étonné qu'elle puisse se souvenir de mon nom, je sentis une émotion nouvelle m'envahir.

— Bonsoir, répondis-je en tentant rapidement de me souvenir de son prénom.

— Sarah, dit-elle comme si elle avait lu dans mes pensées.

Je souris, stupéfait.

— Ça va ? osai-je.

— Très bien ! Tu veux venir t'asseoir avec nous ? me proposa-t-elle.

Encore sous le coup de l'émotion, je ne pouvais croire qu'elle m'invitait, moi, à me joindre à sa table avec ses amies.

— Oui ! Je vais me chercher un apéro et je vous rejoins.

Elle me regarda en souriant, avec ce regard si plein de vie, et s'éloigna. Je ne pouvais croire qu'elle se souvenait de moi.

Quelques minutes plus tard, lorsque je m'approchai, elle me présenta à ses amies.

— Voici Gabriel.

— Moi, c'est Lucie. Moi, Julie. Moi, Lina, dirent-elles en me tendant la main l'une après l'autre.

— Tu t'assieds à notre table ? me proposa l'une d'elle.

Je regardai Sarah qui me regardait d'un air approbateur.

— Avec plaisir, répondis-je, heureux d'être si bien entouré.

— Quatre femmes et un homme ! Il nous faut trois autres hommes, dit Lucie en ricanant.

Les tables rondes étaient disposées à recevoir huit personnes et lors de ces soupers-rencontres, la règle était d'asseoir en alternance un homme et une femme. Le tout favorisait les discussions et les rencontres. Sarah ne s'assit pas près de moi, ce que j'aurais préféré ! Elle se plaça plutôt face à moi. De cette façon, je ne pouvais discrètement en apprendre plus sur elle, mais au moins je pouvais mieux la regarder, tenter de saisir subtilement à travers ses gestes qui elle était.

— On danse ? me demanda Lina en se levant et en me tendant la main.

Surpris, j'acceptai, tout en jetant un regard fuyant vers Sarah. Elle discutait avec Martin, l'homme assis à sa gauche. Tout en dansant, je l'observais. Déjà, mon attention se tournait discrètement vers elle. Elle me fascinait, tant par sa spontanéité que par sa discrétion.

— En forme ? me demanda Sarah en arrivant sur la piste de danse près de moi.

— Très en forme !

— Nous allons voir cela, dit-elle, me regardant l'air taquin.

— Mesdames, vous devez aller chercher l'homme de votre choix pour cette danse, dit le *deejay* en démarrant une chanson romantique de Lionel Ritchie, *Stuck on You*.

Elle dansait près de moi depuis une quinzaine de minutes. À cet instant, je n'avais qu'un souhait, celui qu'elle me demande pour danser avec elle. Elle me regarda ainsi que sa copine Lina. Je sentis une brève hésitation de sa part.

— Tu veux danser ? me demanda-t-elle.

Je lui tendis la main et sentis le contact de la sienne pour la première fois. Elle était ferme, mais douce ; petite, mais solide.

— Dansez bien, dit Lina, se retirant avec un sourire moqueur.

Je m'approchai d'elle découvrant son parfum discret, doux, qui m'enivra instantanément. Sa main au creux de la mienne, je l'approchai et la mis sur mon cœur tout en la tenant.

— C'est romantique, me dit-elle à l'oreille.

— Pourquoi ?

— Ma main dans la tienne appuyée sur ton cœur. J'aime ça.

Elle avait cette façon spontanée de dire les choses avec simplicité et justesse. Lentement, nos corps se balançaient au son de la musique. Malgré la distance, l'harmonie des mouvements était étonnante. Je sentais sa main gauche bien appuyée sur mon omoplate droite et sa tête près de la mienne sans toutefois toucher ma joue. Elle se tenait bien droite et avec ses talons hauts, nous étions exactement de la même grandeur.

— Tu danses bien ! me complimenta-t-elle.

Gêné, je ne fis que sourire, tentant légèrement d'appuyer ma joue contre la sienne.

Le temps de deux chansons, je découvrais en profitant de chaque seconde cette femme déjà exceptionnelle à mes yeux. La musique rythmée reprit trop rapidement. J'aurais aimé danser encore longtemps et rester dans cet état de bien-être éternellement. Je constatai en ouvrant les yeux que plusieurs personnes étaient parties. Sans trop m'en rendre compte, j'avais, en silence, gardé les yeux fermés tout le temps que nous avions dansé afin de savourer encore plus ces moments exquis. J'étais déjà sous son charme.

— Bye-bye Sarah, lui dirent ses trois copines en la saluant de la main.

— Vous quittez tout de suite ? leur demanda-t-elle, l'air déçu.

Elles firent signe que oui tout en s'éloignant.

— Je danserais encore des heures, dit-elle en se tournant vers moi.

L'excitation monta en moi. Je pensais à la même chose, espérant prolonger cette soirée le plus longtemps possible.

— Tu veux aller danser ailleurs ? tentai-je nerveusement.

Avec un sourire radieux, elle dit :

— Nous pourrions aller au Ceasar ?

— Bonne idée ! J'avais l'intention de te proposer cet endroit, répondis-je, tentant de cacher tant bien que mal ma joie débordante.

Nous sortîmes et prîmes place dans nos voitures respectives. Dans un état presque euphorique, je la suivis, confortablement assis dans ma voiture et tentant de réaliser ce qui m'arrivait. Trente minutes s'étaient écoulées quand nous arrivâmes enfin au Ceasar, la discothèque branchée où le *deejay* s'amuse à faire jouer autant de la musique latine que disco ou encore quelques chansons pour de la danse sociale. Bref, l'endroit rêvé pour danser en couple !

Je garai ma voiture près de la sienne.

— Pas trop long, le trajet ? me demanda-t-elle.

— J'ai cru que tu voulais m'emmener chez toi ou me faire faire le tour de la ville, répondis-je en blaguant.

Nous entrâmes sans toutefois nous donner la main ou nous faire l'accolade.

— La musique est superbe, me dit-elle en haussant le ton tout en s'approchant.

Au même moment, je lui pris la main et la tirai vers la piste de danse. J'avais la sensation que nous étions seuls au monde, et ce, malgré la foule. Son corps se balançait en parfaite harmonie avec la musique et le mien tout autant la suivait, la désirait sans toutefois la toucher. C'était la première fois que j'avais cette sensation, moi, un homme de cinquante ans ! J'étais avec elle et elle était avec moi. J'étais si fier. Par moments, je regardais autour de nous. Rien ni personne n'attirait autant mon regard ou ne retenait mon attention qu'elle. Je me sentais privilégié d'être dans cet espace réservé pour nous deux et où personne ne pouvait pénétrer. Lentement, par moments, nous nous rapprochions, tentant du revers de la main de nous toucher discrètement l'épaule ou la joue. Je plongeais par moments dans son regard pénétrant et caressais en pensée ses lèvres naturelles de grosseur moyenne et parfaitement dessinées.

— Je vais boire quelque chose, finit-elle par me dire après une quarantaine de minutes de danse intense.

— J'y vais. Que veux-tu boire?

— Jus d'orange, me dit-elle en souriant et se penchant vers mon oreille.

Au même moment, je sentis ses lèvres discrètement se poser sur ma nuque. Un frisson me parcourut tout le corps. Je la regardai surpris, mais heureux. Elle resta sur la piste de danse alors que je me dirigeais vers le bar. De loin, je pouvais l'observer sans qu'elle puisse me voir. Qu'elle est jolie! Pour moi, c'était la plus belle femme. Elle dansait, ne se préoccupant nullement des hommes qui la regardaient. Elle avait cette innocence de l'adolescence, mais aussi cette maturité qu'ont les femmes du début de la quarantaine. Sa beauté naturelle et discrète faisait qu'elle était extrêmement charmante, mais ignorait qu'elle pouvait autant plaire aux hommes.

— Ah, merci! dit-elle en tendant les mains pour prendre son verre.

— C'est bien mérité, depuis tout ce temps que nous dansons, dis-je.

— Tu es fatigué?

— Non, répondis-je.

Elle me tendit la main et me tira vers la piste de danse. Sa main était brûlante. Elle ne me lâcha pas tout de suite et se rapprocha même un peu. Elle posa ses deux mains sur mes épaules et sourit. Je frissonnai à nouveau. À ce stade, je ne pouvais distinguer si c'était l'ambiance, la musique ou son charme qui me faisait un tel effet, mais je me sentis tellement bien. Depuis si longtemps, trop longtemps, je n'avais ressenti ce que j'appelais autrefois le bonheur, le vrai. À vrai dire, auprès d'elle, je me sentis si bien que j'aurais échangé les deux dernières années de ma vie pour vivre dans ce moment pour le reste de mes jours.

— Il se fait tard. Je vais quitter, me dit-elle soudainement alors que nous dansions encore.

— Ça fait déjà deux heures que nous dansons sans arrêt, répliquai-je tout en consultant ma montre.

— Je me sens très fatiguée soudainement, dit-elle, le visage reluisant de sueur.

— Moi aussi ! J'en ai assez pour ce soir.

— Alors, on recommence demain ? me dit-elle d'un air taquin.

Je me contentai de sourire. À la sortie du vestiaire, au moment de franchir la porte, elle posa tout naturellement sa main sur mon avant-bras.

— Pour cause de sécurité : la glace ! dit-elle, toujours souriante.

J'aimais la sensation légère de sa main appuyée sur mon bras.

— Tu veux venir te réchauffer dans ma voiture pendant que la tienne se réchauffe ? dit-elle, me surprenant au-delà de mes espérances.

Je me contentai d'aller rapidement démarrer ma voiture et allai prendre place sur le siège du passager, dans sa voiture.

— Ce n'est pas chaud, dit-elle en se frottant les mains tout en frissonnant.

Spontanément, je passai ma main sur son dos, sur le manteau moelleux. Je la sentis se raidir puis se détendre. Elle se tourna vers moi, me regarda d'un regard si profond que je m'y serais noyé sans crier au secours. Elle resta silencieuse.

— Tu veux qu'on se revoie, osai-je en brisant le silence tout en craignant un refus.

Elle ne dit rien, mais presque spontanément elle me fit un signe affirmatif de la tête. J'avais peine à y croire. S'approchant doucement, elle tendit les lèvres vers moi en inclinant la tête. Elle m'embrassa tendrement sur la joue. J'eus la sensation d'un adolescent à l'approche de son premier baiser. J'inclinai à mon tour la tête et m'approchai tout en fermant les yeux pour mieux savourer ces instants magiques. J'osai poser mes lèvres sur les siennes. Au contact de ses lèvres d'une douceur infinie, je me sentis excité, envahi d'une chaleur qui aurait fait fondre instantanément toute la couche de glace qui couvrait le pare-brise. Je n'avais plus souvenir de ce que pouvait être la douceur d'un baiser, de découvrir les lèvres d'une femme encore inconnue mais qui déjà me faisait sentir un homme comme je l'avais jadis été.

Je garderai un souvenir éternel de cette première rencontre, de ce premier baiser, de cette femme exceptionnelle...

Chapitre 3

Le mardi 11 octobre, jour de mes funérailles. La journée est pourtant splendide malgré ce triste jour, du moins à mon avis. Les feuilles sont colorées de tons d'oranger, de rouge, de jaune. Elles sont magnifiques. Sarah se prépare nerveusement, enfilant sa robe noire, celle qu'elle portait lors de notre première sortie. Ce qu'elle peut être belle malgré la tristesse qui l'a amaigrie. Elle est et restera la femme la plus séduisante que j'ai rencontrée lors de mon trop bref passage.

Dans la maison qui fut jadis mon heureux foyer, c'est la tornade. Mon ex-femme et les enfants s'affairent à se préparer.

— Maman, où est ma chemise? dit Francis, mon fils.

« Mon garçon, que je t'aime, si tu savais. Quel beau garçon tu deviens. J'aurais tant aimé être là quand tu achèteras ta première voiture, rencontrera ta première petite amie. Je souhaite que tu aies un beau modèle, quelqu'un pour t'aider à être plus fort et à affronter la vie de façon courageuse.

Je t'aime mon fils. Tu m'entends? C'est papa. »

— Mamaaaaannnnnnn! Elle n'est pas dans ma chambre.

— Dans l'entrée, Francis, je l'ai fait nettoyer hier, cria Julia.

— Merci m'man.

« *Mon petit homme, continue d'être gentil avec ta mère, ta soeur et ceux qui t'entourent. Tu iras loin dans la vie. Tu as un coeur si généreux.* »

Pendant que Sarah fermait à clé la porte de sa maison, je pouvais voir simultanément mes enfants et mon ex-femme se diriger vers la voiture pour se rendre au salon mortuaire. C'est tout de même étrange de constater que l'on assiste impassible à ses propres funérailles. Je suis plutôt peiné de voir mes enfants, Sarah et quelques amis tristes pleurer pour moi. J'aimerais tant leur dire combien je me sens bien et qu'ils doivent poursuivre leur route malgré mon absence. Plus facile à dire pour moi qui les vois ! Eux n'ont pas ce privilège !

Après les dernières prières, l'organisateur des funérailles s'adressa aux gens, leur demandant de sortir afin de pouvoir fermer le cercueil. Étrange sensation ! Les pleurs s'intensifièrent et voilà que mes enfants dévastés par la peine se collent fermement contre leur mère. Julia ne broncha pas.

« *Oh ! mon Dieu. Ne pleurez pas mes enfants. Je suis là ! Papa est là !* »

Soudain, Sarah s'avance vers le cercueil, me regarde. Ses yeux mouillés laissent échapper un torrent de larmes trahissant tout comme ses épaules son profond chagrin. Seules ses épaules trahissent son profond chagrin.

— Je t'aimerai toujours, Gabriel, je me souviendrai des moments magnifiques que nous avons partagés. Je te laisse partir en paix. Je suis arrivée trop tard, mais je te garderai toujours dans mon cœur, pria-t-elle.

Elle posa sa main sur mon cœur, sur ma poitrine et y déposa une rose bleue en guise d'adieu.

À mon tour de pleurer…

« *Je t'aime Sarah, je t'aime tant.* »

J'aimerais tant pouvoir lui dire combien je l'aime et que j'aurais passé le reste de mes jours auprès d'elle si les circonstances de la vie ne nous avaient pas séparés.

« *Sarah. Sarah, je t'aime moi aussi.* »

Pourquoi ne me ressent-elle pas ? Je comprends

pourtant ses pensées, mais tout cela semble n'être qu'à sens unique.

Arrivées au cimetière, la vingtaine de voitures se stationnèrent tant bien que mal de chaque côté de la route étroite. Mes amis, ma famille, mes enfants et Sarah se dirigent tous lentement, la tête penchée vers le sol vers ce que l'on appelle mon dernier repos. Mon cercueil est garni de fleurs magnifiques : des roses bleues et blanches. Elles contrastent bien avec le paysage aux tons chaleureux de l'automne. Curieusement, les gens forment un cercle autour de moi. Je ressens leur tristesse. C'est ce qui m'attriste. Une dernière prière et ils partiront.

« Notre Père qui êtes aux cieux... Que l'âme de Gabriel repose en paix. »

« Francis, Marie, mes enfants, soyez bons, soyez heureux. Ne pleurez pas tant. Papa est là, tout près. Je veille sur vous. Je vous aime tant. Comment pourrais-je vous oublier? Mais vous, vous souviendrez-vous de moi, votre père, qui vous aime plus que tout? »

Les voilà qui se remettent à pleurer à chaudes larmes. J'ai le cœur en miettes de les voir ainsi.

« Julia, toi qui m'a donné deux beaux enfants, je te remercie d'être une bonne maman pour nos eux. Nos différends n'enlèvent rien à la personne dévouée que tu es, à ta préoccupation de bien éduquer nos enfants. Je suis certain que tu feras de ton mieux comme tu l'as toujours fait. »

Voilà que je vois la seule et unique larme couler sur la joue de Julia depuis ma mort. Aurait-elle ressenti ce que je lui disais? Étrange... !

« Ma belle Sarah, mon amour à jamais. Sous tes yeux rougis, tes larmes silencieuses coulant à flots sur ta peau dorée, tu es toujours aussi belle. Mon ange, mon rayon de soleil, je suis là. Je veille sur toi. Je tenterai de te guider si j'en suis capable. Je me sens pourtant si impuissant pour le moment. Pourras-tu un jour sentir ma

présence, tout l'amour que je te porte encore?»

Sarah tituba. Elle tremblait et semblait en état de perdre l'équilibre. Mon frère la retint par le bras.
— Ça va, mademoiselle? lui demanda-t-il.
Elle inclina légèrement la tête vers l'avant.
«Chère Sarah, mon frère t'aurait aimé si seulement nous avions eu plus de temps...»

Chapitre 4

Cela faisait six mois que Sarah et moi nous fréquentions. Les jours, les semaines et les mois filèrent à une telle allure que nous avions peine à croire que tant de temps et si peu à la fois s'était écoulé. Nous nous étions rencontrés par une journée froide d'hiver et nous étions maintenant au début de l'été, saison où tous les espoirs sont permis.

— Nous allons à la plage, suggéra Sarah.
— Bonne idée. J'apporte les serviettes.
— Et moi, la crème solaire, répondit-elle avec son sourire radieux.

Deux heures passèrent alors que nous étions amoureusement allongés en prenant un bain de soleil. Alors que Sarah laissait glisser ses doigts sur ma poitrine, je ressentis une douleur intense. Je m'assis afin de reprendre mon souffle. Sarah ne bougea pas, se contentant d'ouvrir un œil. Les resserrements s'intensifièrent...
— Ça ne va... soufflai-je avec peine
— Gabriel, qu'est-ce que tu as, dit-elle, commençant à paniquer.
Elle prit immédiatement son téléphone portable et composa le 911.

De ce dont je me souviens, c'est d'avoir ouvert les yeux et de l'avoir aperçue près de moi, le visage inquiet, le sourire léger.
— Bonjour mon bel amour. Tu reviens de loin !
— Sarah, mais que s'est-il passé ?

— Comment te sens-tu ? me demanda-t-elle d'une voix extrêmement douce.

— J'ai mal partout, surtout aux côtes et au dos. Mais que m'est-il arrivé ?

— Tu as fait un infarctus et tu es demeuré inconscient, dans le coma.

— Dans le coma ? Mais combien de temps, demandai-je, inquiet.

— Ça n'a pas d'importance, ce qui compte c'est que tu sois sorti de là.

— Sarah, je veux savoir, depuis combien de temps suis-je ici ?

— Onze jours.

Je ne pouvais le croire. Onze jours ! Onze jours de ma vie perdus, envolés sans que j'en aie eu conscience.

— Ne t'énerve pas, Gabriel, me dit-elle alors que les sons du moniteur s'accéléraient.

— Ils t'ont dit quand je pourrais sortir d'ici ?

— Tu ne crois pas que c'est quelque peu précipité ? Tu viens à peine de reprendre conscience.

Une infirmière entra au même moment.

— Oh !, monsieur Hart ! Comment allez-vous ? C'est presque un miracle, dit-elle, émue.

— Assez bien malgré que j'aie mal partout.

— C'est normal après ce que vous avez subi. Je vais aviser votre médecin qui devrait passer d'ici quelques heures ainsi que votre femme.

— Ma femme ? dis-je, étonné.

— Oui, votre femme. C'est elle qui a dû remplir les documents et donner l'autorisation pour les traitements, répondit l'infirmière qui s'éloignait.

Je regardai Sarah, étonné, et vis la tristesse se dessiner sur son visage.

— Tu ne m'avais pas dit que tu n'étais pas officiellement divorcé, me dit-elle.

J'avais la nausée. Les maux de tête me martelaient le crâne et je m'endormais.

Lorsque j'ouvris les yeux, le visage de mon ex-femme m'apparut. Combien de temps avais-je pu dormir encore ?

Avais-je perdu conscience à nouveau?

— Je te ramène à la maison d'ici quelques jours. Le médecin dit que tu en auras pour quelques semaines à récupérer et tu ne dois pas rester seul, me dit-elle sèchement.

Je cherchais Sarah du regard, partout dans la pièce. Elle n'y était plus.

— Sarah, dis-je faiblement.

— Tu dois te reposer maintenant, me dit la mère de mes enfants tout en relevant la couverture jusqu'à mon cou.

Quatre semaines s'écoulèrent. J'étais entouré de mes enfants, de mon ex-femme et de son nouveau conjoint dans ce qui avait été notre maison. On m'avait alloué la chambre d'ami et pendant ces quatre semaines de récupération, je crus devenir fou. Aucun contact avec Sarah, un peu d'attention de mes enfants et les soins minimums prodigués par ma chère ex-épouse et parfois par son nouveau conjoint lorsqu'il s'agissait de m'aider à me lever. Ma toilette était faite rapidement par eux. J'avais tellement honte. Je n'avais qu'une idée, récupérer au plus vite et retrouver Sarah.

La cinquième semaine me libéra de cet endroit jadis heureux, mais qui aujourd'hui me semblait être un enfer. Malgré le fait que j'habitais un minuscule appartement, le confort de mon petit foyer me manquait. Lorsque Julia et son nouveau conjoint prirent toutes mes affaires et vinrent me reconduire, j'avais l'impression de recommencer à respirer.

Chapitre 5

— Sarah! m'empressai-je de dire lorsqu'elle décrocha après trois interminables sonneries.

— Gabriel?

Sa voix tremblait d'émotion.

— Je suis revenu à la maison Sarah.

Un long silence s'ensuivit.

— Et comment vas-tu?

— Beaucoup mieux depuis que j'entends ta voix, dis-je, au bord des larmes.

Le silence était maintenant lourd.

— Sarah? Tu es toujours là? lui demandai-je, inquiet.

— Oui. Je suis un peu étonnée de t'entendre.

— Mais que croyais-tu! Que j'étais mort? tentai-je en blaguant.

Je l'entendis pleurer en silence. Elle renifla, éloigna le combiné et masqua le son avec sa main.

— Que se passe-t-il, ma belle? Tu es émue que je t'appelle?

D'une voix tremblante, elle finit par dire:

— Oui. Je croyais ne plus jamais entendre ta voix.

— Ne t'en fais pas. Je vais bien maintenant. Je reprends des forces et je devrais être rétabli d'ici quelques semaines et ....

— Non, ce n'est pas cela... m'interrompit-elle.

C'était maintenant à mon tour d'être silencieux. Une bonne minute s'écoula avant qu'elle ne dise:

— Si tu veux, nous reprendrons cette conversation. Nous nous rappelons d'ici quelques jours?

Je ne comprenais pas. Nous qui étions si amoureux, toujours heureux de nous retrouver, voilà qu'elle me suggère que nous nous rappelions d'ici quelques jours, sans raison.

— Sarah, je veux savoir ce qui se passe.

— Plus tard, Gabriel. C'est à mon tour de prendre du repos.

— Mais dis-moi, quand allons-nous nous revoir ?

— Je, je ne sais pas, dit-elle, hésitante.

— Sarah, je veux savoir quand nous nous reverrons, dis-je en haussant le ton.

— D'ici quelques jours.

— Quand ?

Un long silence, encore trop long, se brisa quand elle dit enfin, en pleurant :

— Dans deux jours.

— Où veux-tu que nous nous rencontrions ? insistai-je.

— Je te rappellerai dans deux jours, Gabriel. Je suis fatiguée. Bonne fin de soirée, et elle raccrocha.

Étonné, je ne raccrochai que lorsque la sonnerie forte du téléphone m'avisa de raccrocher le récepteur.

Chapitre 6

Sarah rentra chez elle, les yeux rougis. Elle retira sa robe noire qu'elle jeta nonchalamment sur son lit. Elle enfila des vêtements confortables, une petite camisole blanche et une petite culotte assortie en tissu léger. Les funérailles avaient été éprouvantes.

« Comme tu es belle malgré ta tristesse. »

Elle pleurait à chaudes larmes. Ouvrant un tiroir de l'une de ses tables de nuit, elle sortit un petit album de photos de couleur rouge.

« Ah ! l'album que je t'avais offert pour la Saint-Valentin ! C'est là que tu le cachais ! »

Elle s'allongea sur le lit à plat ventre et ouvrit lentement, comme un trésor, le précieux album.

« Mais ce sont toutes nos photos ! Ah ! oui, je me souviens, au parc ! Près des canards ! J'aimais les nourrir. Tu m'avais surpris encore une fois avec des photos en action comme tu disais. Tu aimes tant prendre des photos quand les gens sont naturels, qu'ils ne regardent pas l'objectif. Oh ! et celle-là aussi ! Tu avais demandé à un passant de nous photographier près du petit pont de bois avec comme arrière-plan de magnifiques pins et un joli ruisseau. Et puis... Sarah... Sarah, ma belle, ne pleure pas, je suis là. »

Dans mon enthousiasme à me remémorer les beaux souvenirs à travers les photos, je n'avais pas remarqué qu'elle pleurait sans arrêt, qu'elle sanglotait. Ses larmes coulaient maintenant à flots sur ses deux joues, glissant jusqu'à son cou, jusqu'au milieu de sa poitrine.

« Sarah, ne sois pas si triste. Je suis si près. Je ne t'abandonne pas. Tu sais, je te disais que tu étais mon ange. Mais le destin a voulu que je sois maintenant le tien. Je veillerai sur toi. Tu verras, d'ici quelque temps, tout ira mieux. »

Elle respira profondément, leva la tête et regarda au loin par la fenêtre. Elle arrêta de pleurer et regarda le vide. A-t-elle perçu quelque chose? Ses yeux toujours noyés de larmes, elle s'appuyait sur les coudes. Son dos légèrement creux se terminait dans une chute magnifique jusqu'à ses fesses.

« Sarah? »

Elle ferma les yeux et recommença à pleurer.
Je rêve, je rêve qu'elle puisse m'entendre, quelle puisse comprendre que je ne suis pas si loin qu'elle le croit.
« Ma belle Sarah, si tu savais… je suis si près. »

Chapitre 7

Dix heures du matin.
« Dringgggggg ! »
— Allo ?
— Gabriel ? C'est Sarah. Ça va ?
— Oui, ma belle ! Je suis si heureux d'entendre ta voix. Et toi ? Comment vas-tu ?
— Tu es libre cet après-midi ? dit-elle rapidement.
— Bien sûr. Que dis-tu de notre petit café préféré pour nous retrouver ?
— Quatorze heures, ça te va ? dit-elle avec une voix sans intonation.
— Avec plaisir ! Dis-moi, tu vas bien, Sarah ? lui demandai-je, surpris de son manque d'enthousiasme.
— T'inquiète pas. À tantôt.
Elle raccrocha aussitôt ne me laissant pas le temps de lui répondre.

J'arrivai quelques minutes à l'avance. Je la vis déjà assise au fond du petit café-bistro, le regard dans le vide, l'esprit ailleurs. Elle ne me vit pas. Je commandai un café au lait au comptoir situé dans l'entrée. Pendant que la serveuse s'affairait à préparer mon café, je me mis un peu à l'écart. Caché près d'une colonne, je pouvais observer Sarah qui n'avait pas encore remarqué ma présence. Malgré la tristesse que je lisais sur son visage, elle était tout de même resplendissante. Mais pourquoi est-elle dans cet état ? Je suis si heureux d'enfin la revoir après toutes ces semaines de convalescence et de séparation. J'ai encore cette sensation euphorique de l'adolescent qui se rend à l'un de ses

premiers rendez-vous amoureux. De ma cachette impro-
visée, j'ai tout le loisir de l'observer, ses longs cheveux
tombant sur ses épaules droites. Elle porte son chandail
noir avec encolure en V où l'on peut à peine voir le début
de sa poitrine magnifique, lui donnant un charme fou dont
elle semble à peine consciente. Dieu qu'elle est belle et elle
ne sait à quel point !

— Voilà monsieur, votre café, me dit la serveuse me
sortant de mon rôle d'observateur et me tendant le bol et
l'assiette chauds.

Brusquement sorti de mon observation scrupuleuse,
je pris avec précaution l'assiette et le bol qui vacillaient.
Marchant lentement afin de ne pas échapper le chaud
contenu, je m'approchai lentement de la dernière table au
fond ; celle où Sarah, confortablement appuyée au mur
recouvert de cuir, m'attendait.

— Bonjour, lui dis-je, excité de la revoir.

Je m'approchai pour l'embrasser. Elle se tourna me
tendant la joue. Je déposai mon bol et m'assis devant elle.
Son regard triste m'intriguait. Jamais je ne l'avais vue dans cet
état, elle qui était toujours souriante, débordante d'énergie.

— Tu vas bien ? dit-elle.

— Oui très bien. Le soleil revient dans ma vie
chaque fois que je te vois.

J'étais si content de la revoir. Il me semblait avoir
été privé de sa présence depuis des siècles. Je n'avais
qu'une envie, la serrer dans mes bras et lui dire combien je
l'aime. Mais je me retins.

— Tu sembles récupérer lentement. Tu as bonne
mine, dit-elle avec un demi-sourire.

Ma joie de la voir était palpable, mais je comprenais
de moins en moins pourquoi elle me semblait si distante, si
déçue.

— Gabriel, nous devons mettre un terme à notre
relation, me lança-t-elle sans prévenir. Elle osa à peine me
regarder. Ses mains tremblaient légèrement tout en tenant
soigneusement son bol de café. Mon cœur s'arrêta. Je sentis
mes membres se raidir et l'air se figer dans mes poumons.
Je venais de recevoir un courant électrique, de me faire
frapper par la foudre sans avoir pu ni prévoir ni éviter ce
qu'elle me disait. J'avais peine à reprendre mon souffle. Le

silence était maintenant si lourd. Le poids du ciel, des étoiles et de tout l'univers me pesait tellement sur les épaules que je m'inclinai légèrement vers l'avant. Je réussis tant bien que mal, après d'interminables secondes, à prononcer un mot :

— Pourquoi ?

Ses yeux s'emplirent de larmes. Elle me regarda et baissa à nouveau le regard vers son bol de café. Elle prit une profonde inspiration comme si elle rassemblait tout son courage et finit par ajouter :

— Je ne peux accepter ce que m'a révélé ta femme sur votre situation. Je ne pourrai jamais partager l'homme que j'aime avec une autre, et ce, malgré que vous ne soyez plus amoureux.

Je n'arrivais pas à croire et je ne comprenais pas ce qu'elle me disait. « Ma femme ? Je vis seul depuis plus d'un an. Ma relation avec elle ? Elle ne s'en tient qu'à des rapports parentaux concernant nos enfants. » Je relevai la tête pour la regarder. Une larme coulait sur sa joue gauche. Je vins pour l'essuyer comme je le faisais lorsqu'elle me confiait par moments son passé difficile et que je l'écoutais. Elle recula. Ce fut comme si la lame d'un couteau venait de me transpercer le cœur.

— Sarah. Mais qu'est-ce que tu racontes ? Je suis seul, célibataire et je n'ai plus aucun lien affectif avec mon ex-femme.

— Ta femme, m'interrompit-elle à voix basse.

— Les papiers de divorce sont en cours depuis plus d'un an mais nous ne vivons plus ensemble et elle a quelqu'un dans sa vie maintenant... si tu savais...

Elle se leva. Je n'eus pas la chance de lui expliquer ou de lui demander ce que Julia avait bien pu lui raconter. Elle était déjà debout près de moi.

— Adieu, Gabriel. Je ne t'oublierai jamais.

Et elle partit. Ce fut la dernière fois que je la vis, du moins de mon vivant.

Chapitre 8

Une semaine s'était écoulée depuis mes funérailles. Il est vrai que de là où je suis, la notion du temps n'est plus la même. Je réalise à peine que je ne suis plus de ce monde mais j'en conserve encore toutes les particularités.

« Drinnnnnnnng ! »

— Allo ! répondit Sarah de son téléphone rouge pompier.

— Madame Sarah Donovan, je vous prie ? dit une voix masculine.

— C'est moi.

— Ici le notaire Raymond. Seriez-vous disponible pour une rencontre demain à quatorze heures ?

— Euh... À quel sujet ? dit Sarah, surprise.

— Pour la lecture du testament de Monsieur Gabriel Hart.

Elle hésita et se figea.

— Vous êtes là, madame Donovan ?

— Oui, oui. Demain, vous dites ? reprit-elle d'un ton nerveux.

— Demain quatorze heures, continua-t-il.

— J'y serai, confirma-t-elle.

Surprise, elle raccrocha et se dirigea vers la fenêtre. Regardant au loin, comme elle avait l'habitude de le faire, elle réfléchissait. Elle posa ses mains sur ses hanches. Habillée d'un tailleur bleu marine et d'une blouse blanche contrastant avec son teint légèrement basané, elle était prête à quitter pour le travail. Elle verrouillait la porte lorsque la sonnerie du téléphone se fit entendre. Elle regarda sa montre.

— Je prendrai mes messages plus tard, pensa-t-elle. De toute façon, elle n'avait envie de parler à personne.

Chapitre 9

Ayant à peine fermé l'œil de la nuit, Sarah se leva d'un bond lorsque l'alarme de son réveille-matin sonna. Se dirigeant en titubant vers la salle de bain, elle se regarda dans la glace et se trouva pâle.

« Ma belle Sarah, ce que tu sembles accablée. Tu verras tantôt, une surprise t'attend. »

Sous la douche, Sarah reprit doucement ses esprits. Elle lava ses cheveux, les caressant presque.
« Ce que tu peux me manquer en ce moment, Gabriel », pensa-t-elle.
Elle se remémora les soirées romantiques où tous les deux prenaient plaisir à se doucher ensemble. Couverts de savon, ils s'amusaient parfois comme des enfants se frottant l'un contre l'autre tout en se caressant.
« Hmmm », soupira-t-elle.

Comme elle prit plus de temps que prévu, elle dut courir pour se préparer et se rendre au travail, elle s'affaira pour se maquiller et se coiffer. Elle prit seulement le temps de régler quelques dossiers et quitta plus tôt afin de se rendre au rendez-vous prévu pour quatorze heures. Malgré qu'elle eût une quantité énorme de travail, elle ne put réellement se concentrer et tourna en rond tout l'avant-midi. Préoccupée par ce que pouvait bien contenir le testament, elle quitta finalement vers midi trente afin de prendre le temps de dîner sur une terrasse et de réfléchir à tout cela. Désirant profiter des derniers jours de soleil et surtout prendre le temps de se calmer, elle choisit une place à l'écart, sur une terrasse peu achalandée.

« Que d'avant-midi et d'après-midi avons-nous passés à discuter tout en sirotant un pichet de sangria. Rien ne nous arrêtait, discutant autant des banalités de la vie que de nos projets à deux, de notre bien-être, de notre bonheur d'être ensemble. Comme tu me manques maintenant. Je me sens si seule, sans toi. Pourquoi es-tu parti si vite ? Et pourquoi m'avoir couchée sur ton testament ? La vie nous a séparés et voilà qu'elle semble vouloir nous rapprocher, mais tu n'es plus là. Tout est si différent maintenant, sans toi. J'ai appris tant bien que mal à continuer ma vie sans toi malgré l'amour que j'ai toujours pour toi. Aujourd'hui, je sais, jamais plus je ne pourrai te rencontrer par hasard, te parler… »

« Sarah, pourquoi pleures-tu ? »

Elle prit sa serviette de table et épongea doucement les larmes qui coulaient sur ses joues.

— Vous avez fait votre choix ? demanda la serveuse d'une vingtaine d'années.

— Une salade César au poulet et un verre de rouge s'il vous plaît.

— Tout de suite madame, dit la serveuse, avec un sourire.

Elle mangea à peine le contenu de son assiette mais but lentement le verre de rouge qu'elle dégustait à chaque gorgée.

« À nous, Gabriel. À notre amour. À notre rencontre, il y a deux ans… »

Elle portait un toast chaque fois qu'elle goûtait le vin. La solitude lui pesait très lourd sur les épaules et elle n'avait qu'une envie, aller se promener sur le bord de l'eau et ne penser à rien.

Treize heures quarante-cinq, Sarah se dirigea vers le 7465, de l'Espérance, adresse laissée sur son répondeur et qu'elle avait notée rapidement sur un bout de papier bleu. Elle regarda à deux reprises quel était le numéro du bureau, le 8392. L'entrée de marbre rose était splendide. Elle se dirigea vers les ascenseurs et appuya sur la flèche pointée vers le haut indiquant qu'elle montait. Aussitôt entrée, elle appuya sur le chiffre 8 et se regarda dans les miroirs couvrant les murs de l'ascenseur. Elle passa rapidement la main dans ses cheveux qui étaient impeccables. Nerveuse, elle tira sur son veston et sur sa jupe afin de s'assurer que tout était correctement en place. Mallette à la main droite, le sac à main accroché à son épaule gauche, elle sortit de l'ascenseur tout en prenant une profonde inspiration. Consultant le panneau indicateur, elle se dirigea ensuite vers la droite, bureau 8392. Arrivée devant l'immense porte en bois d'acajou, elle posa la main sur la poignée d'or qui glissa parfaitement sous la pression.

— Je peux vous aider ? demanda la réceptionniste qui l'accueillit avec un mince sourire.

— J'ai rendez-vous à quatorze heures avec Monsieur Raymond, dit-elle.

— Notaire Raymond sera là d'ici quelques minutes, veuillez vous asseoir. Qui puis-je annoncer ? dit la secrétaire quelque peu arrogante.

— Madame Sarah Donovan, dit-elle sans se retourner et se dirigeant vers l'un des confortables fauteuils Louis XV.

Voilà mon ex-femme, mes enfants et mon frère qui arrivent ! Bon ! Tout le monde est là.

Ils regardèrent à peine Sarah qui ressentit un certain malaise et aurait préféré être ailleurs.

— Bonjour madame Hart, dit en souriant la réceptionniste.

— Bonjour, Lucinda. Monsieur Raymond est là ? dit Julia.

— Bien sûr. Il complète certaines informations et sera disponible d'une minute à l'autre. Vous pouvez vous asseoir. Vous désirez un café ? dit gentiment Lucinda.

— Non merci, nous sortons de dîner. J'ai le temps de passer à la salle de bain ? dit Julia

— Prenez tout votre temps madame Hart. C'est au bout du couloir à droite, termina-t-elle.

— Merci. Asseyez-vous sagement ici les enfants. Tu m'accompagnes ? demanda Julia en s'adressant à son beau-frère.

Il se contenta de la suivre.

Francis et Marie prirent place dans un fauteuil deux places. Assis l'un près de l'autre, ils se mirent à fixer Sarah qui baissa les yeux.

« Sarah ! regarde, mes enfants. Ils sont là, près de toi. Tu peux leur parler. Tu te souviens combien de fois je t'ai parlé d'eux ? Tu savais tous leurs petits secrets, du moins tous ceux qu'ils me confiaient et que je prenais plaisir à te raconter lorsque nous nous retrouvions ? Eux aussi ont entendu parler de toi. Je leur disais combien tu étais importante pour moi, mais surtout combien tu étais exceptionnelle. J'aurais tant aimé que vous puissiez vous rencontrer. Parle-leur, Sarah, ils te connaissent ! Parle... »

— Bonjour, osa Sarah, s'adressant aux enfants.

« Ah ! Elle leur parle ! Génial ! »

Ils baissèrent les yeux et firent un timide sourire.
— Marie et Francis ? dit-elle d'une voix douce.
Surpris, ils la regardèrent.
— Je suis Sarah.
Étonnés, ils la regardèrent avec plus d'intensité que lorsqu'ils l'avaient rencontrée à l'hôpital.

« C'est ça mes enfants ! C'est Sarah ! Dites-lui bonjour ! »

Ils la fixaient toujours, mais maintenant avec un certain sourire dans les yeux.
— Vous...
Au même moment où Marie s'adressa à Sarah, la porte s'ouvrit. Elle se tut.
— On ne fixe pas les étrangers comme cela, dit Julia, s'adressant aux enfants.
Marie se leva et se dirigea vers sa mère. Je la vis, de sa petite main, faire signe à sa mère de se pencher.
— C'est Sarah, dit Marie dans l'oreille de sa mère.
Julia se contenta de lui faire comprendre d'un regard sévère qu'elle le savait.

— Va t'asseoir, lui dit-elle.

Maria retourna s'asseoir l'air triste comme si elle venait de dire une bêtise.

Le notaire Raymond sortit enfin de son bureau et se dirigea vers la salle d'attente.

— Voulez-vous me suivre? dit-il en s'adressant aux quatre personnes qui attendaient.

Julia, les enfants, mon frère suivirent d'un pas ferme alors que Sarah resta derrière, marchant d'un pas incertain.

— Veuillez prendre place, dit-il en pénétrant dans la salle de conférence tout en leur indiquant de la main les fauteuils de cuir entourant la magnifique table de conférence reluisante, en chêne massif.

« C'est fou comme je sens que l'atmosphère est tendue. »

Julia, mon frère et les enfants prirent place d'un côté tandis que Sarah, seule, s'assit de l'autre. Le notaire, qui avait pris soin de déposer les documents avant leur arrivée, s'installa au bout de la table.

— Alors si nous sommes rassemblés ici aujourd'hui, c'est pour vous dévoiler le contenu du testament de Gabriel Hart décédé le 8 octobre dernier. Le document a été authentifié et représente sans l'ombre d'un doute les dernières volontés de Monsieur Hart. Il a été signé par un témoin en ma présence. Je vous demanderais de bien vouloir attendre la fin de la lecture complète avant de poser des questions.

Il leva les yeux afin de constater l'approbation des quatre personnes présentes.

— Alors voici : « Moi, Gabriel Hart, désire nommer mon frère, Steven, comme exécuteur testamentaire. Pour cette tâche, je désire que la somme de dix mille dollars lui soit remise lorsque toutes les fonctions inhérentes à cette responsabilité seront complétées.

À mes enfants, Marie et Francis, je lègue une somme de cinquante mille dollars que j'ai gardée en sûreté dans un coffret à la banque et qui servira pour leurs études. Je désire que cette somme soit partagée en deux parties égales et que leur mère, Julia, place et gère cet argent pour eux jusqu'à leur majorité. »

— Quoi ! laissa échapper Julia.

— Madame Hart, s'il vous plaît, laissez-moi terminer la lecture, dit le notaire en la regardant sévèrement.

« À Sarah, je désire léguer tous mes biens matériels incluant ma propriété située à Morin Heights près d'un lac privé que j'ai baptisé en son nom : Sarah. »

— Mais qu'est-ce que c'est que cette connerie ? dit Julia furieuse en se levant.

— Madame Hart. Asseyez-vous s'il vous plaît.

Sarah se figea sur sa chaise comme si la foudre venait de lui tomber dessus. Elle non plus ne comprenait rien à tout cela. La tension était palpable.

— Je vous demanderais, s'il vous plaît, de rester calme et de rester assise, reprit le notaire d'un ton sévère.

« Je sais que tout cela pourra vous paraître insensé, mais ce sont mes dernières volontés et j'ai pris les procédures nécessaires pour qu'elles soient respectées. Signé Gabriel Hart. »

Julia se leva d'un bond.

— Vous pouvez m'expliquer à quoi rime tout cela, dit-elle presque hystérique.

— Asseyez-vous, répéta encore le notaire Raymond.

— Je préfère rester debout. J'étouffe assise, dit Julia, furieuse.

— Voilà. Monsieur Hart est venu me voir l'an dernier suite à la signature des papiers de divorce. Il m'a demandé de rédiger ce testament avec témoin et nous l'avons tous signé. Il avait alors une santé qui semblait se détériorer et il désirait s'assurer que s'il lui arrivait quelque chose ses biens seraient répartis selon ses dernières volontés.

— Mais comment a-t-il pu se procurer une propriété et à quel montant est-elle estimée ? cracha Julia, hors d'elle-même.

— Madame Hart…

— Madame Schubert maintenant, interrompit Julia.

— Madame Schubert, continua le notaire, votre ex-mari a acquis cette propriété après votre divorce. Elle est évaluée à un peu plus d'un demi-million de dollars, l'informa-t-il.

Julia tomba par terre. Sarah se cramponna à son siège comme à une bouée de secours. Les enfants se mirent à pleurer en voyant leur mère par terre dans un tel état. Steven se contenta de se lever et d'aider Julia à se relever.

— Un demi-million de dollars? finit par dire Julia une fois assise sur sa chaise.

Le notaire lui fit un signe de la tête.

— Mais comment cela est-il possible? Il était pauvre et vivait dans un petit appartement minable et payait, me disait-il, péniblement la maigre pension alimentaire qu'il devait me donner, dit Julia.

Le notaire la regarda, prit une inspiration et lui expliqua :

— Comme je vous le disais tantôt, peu de temps après votre divorce, votre ex-mari est venu me rencontrer afin de mettre de l'ordre dans ses affaires et m'a fait part du fait que vous viviez confortablement avec votre nouveau conjoint dans la maison qui avait été jadis votre foyer commun. Sachant que les enfants étaient bien traités et ne manquaient de rien avec votre nouveau conjoint, il a jugé bon de léguer une somme d'argent pour leurs études et de donner tout ce qu'il possédait à la femme qu'il disait aimer pour toujours et qui méritait tout ce qu'il avait.

— Mais comment a-t-il pu se procurer une telle propriété alors qu'il était presque sans le sou? hurla Julia en frappant fortement la table de ses deux mains.

— Calmez-vous, madame Schubert, sinon je vais devoir vous demander de quitter cette salle.

Julia recula dans son siège et posa les mains sur ses cuisses.

— Quand votre ex-mari est venu me rencontrer, il me confirma qu'il était important qu'il prépare son testament car il avait, quelques mois auparavant, gagné une somme importante à la loterie. Il a alors fait l'acquisition de cette propriété et d'autres biens. Il n'en avait avisé personne à part moi, car il désirait aller retrouver Sarah,

Madame Donovan, et lui offrir l'un de ses rêves en cadeau en guise d'amour pour elle. J'ai moi-même vérifié la provenance de la somme qu'il me disait avoir gagnée et le tout était exact.

— Et on parlait d'une somme s'élevant à combien ? osa demander Steven.

— Un peu plus d'un million de dollars, confirma le notaire.

Sarah se sentit mal. Elle tourna la tête de gauche à droite. La nausée lui prit. Elle n'eut que le temps de se pencher et vomit entre ses deux jambes sur la moquette d'une valeur inestimable. Elle mit la main devant sa bouche et se leva lentement. En titubant, elle se dirigea vers la porte. Personne ne lui offrit de l'aide. Elle se dirigea vers la réceptionniste qui l'ignora. Malgré son malaise, elle se rappela que la réceptionniste avait mentionné que les toilettes étaient au bout du corridor à droite. Elle poussa d'une main la porte qui ne s'ouvrit pas. Elle se tourna vers la réceptionniste tout en ayant l'autre main toujours sur sa bouche. La réceptionniste appuya sur le bouton déverrouillant la porte. Sarah se sentit faiblir. Elle retira la main de sa bouche pour l'appuyer contre le mur et évita de tomber. Elle laissa des traces de vomi sur le mur de marbre froid. Elle n'avait qu'une idée en tête, se rendre aux toilettes le plus rapidement possible.

Julia se leva d'un bond.

— C'est tout ? dit-elle en s'adressant au Notaire Raymond.

— Une petite signature ici et pour le reste, ma secrétaire vous rappellera afin de vous remettre lesdits documents ainsi que l'argent pour les enfants lors d'une prochaine rencontre.

— Venez, les enfants, se contenta de dire Julia, après avoir signé, sans saluer le notaire.

Sarah vomit à nouveau dans les toilettes. Elle se sentit encore plus faible. Péniblement, elle se dirigea vers le lavabo où elle ouvrit avec peine le robinet d'eau froide. L'eau glacée coula sur sa main, puis sur son poignet. Elle s'empressa de porter la main à sa nuque, une, deux, trois fois. Elle commença à se sentir mieux. Levant les yeux, elle se vit dans le miroir. Blême, pâle, les cheveux légèrement défaits et l'eau lui coulant sur le cou. Elle se trouva pitoyable.

— Mon Dieu, c'est impossible, pensa-t-elle.

— Une maison pour moi! Une maison près d'un lac! C'est incroyable. Mon rêve, mais sans Gabriel, réalisa-t-elle tristement.

« Oui, ma belle, tout cela et même plus pour toi. Tu le mérites tellement si tu savais... »

C'était triste de la voir dans cet état. J'aurais cru qu'elle aurait eu une réaction différente. Une dizaine de minutes plus tard, je la vis se regarder à nouveau dans la glace et après quelques retouches à son maquillage ainsi qu'à sa coiffure, elle retourna au bureau du notaire. Elle avait toujours eu cette façon de prendre soin d'elle-même dans les moments les plus difficiles.

— Désolée, dit-elle, regagnant sa place.

— Vous pouvez signer ici, mademoiselle Donovan, dit le notaire en lui tendant son stylo Mont Blanc.

— Où sont les autres? demanda-t-elle tout en signant.

— Ils ont déjà quitté, se contenta-t-il de répondre sans émotion.

Sarah se leva. Elle semblait encore faible et étourdie.

— D'ici deux semaines, je vous rappellerai pour les dernières formalités. Si tout va bien, vous devriez prendre possession de votre maison et de tous les biens de Monsieur Hart au plus tard d'ici un mois, lui annonça-t-il.

— Merci, se contenta timidement de répondre Sarah.

Chapitre 10

« *E*s-tu heureuse, Sarah ? Retrouveras-tu une partie de ce si joli sourire que tu avais ? Déjà trois semaines se sont écoulées depuis mes funérailles et comme tu as l'air encore triste ! Malgré les sourires que tu retournes poliment et les rencontres éphémères avec des collègues, des amies ou des étrangers, ton cœur pleure toujours. »

Assise sur un banc, ses lunettes de soleil cachant bien ses yeux, elle tentait d'absorber les derniers rayons de soleil d'automne, pendant sa pause-dîner. Vêtue d'un tailleur, d'un manteau léger et d'un foulard de soie qui lui protégeait le cou du vent qui s'amusait parfois à la caresser, elle restait immobile les bras croisés, les idées dans le vide. Même cachée derrière des lunettes, l'air ailleurs, elle avait de la classe. Elle dégageait tellement quelque chose de beau malgré sa tristesse.

« *Bonjour, ma belle. Tu te souviens quand nous nous rejoignions ici pour jaser de tout et de rien, quand nous nous embrassions discrètement avant de retourner tous les deux au boulot ? Si tu savais combien ces moments me manquent à moi aussi. Te sentir à mes côtés, si près, était toujours un moment intense de bonheur, si tu savais. Aujourd'hui, je suis si près mais si loin à la fois. L'odeur de ton parfum, de mes doigts dans tes cheveux, de ta main sur ma poitrine, sur ma cuisse, si tu savais combien tout cela me manque, à moi aussi.* »

Au même moment, une larme coula dessous le verre gauche des lunettes fumées. Elle se contenta de vite l'essuyer du revers de son index et reprit sa position fermée.

« *Tu sens la même chose, Sarah? Je suis là, si près!* »

Au même moment, un étranger s'approcha et s'assit près d'elle. Il était vêtu d'un complet noir très chic, portait des verres fumés et ses cheveux d'un noir si pur miraient dans des tons presque bleus sous les rayons du soleil. Se déplaçant légèrement vers la gauche, Sarah eut un petit mouvement de recul. L'homme d'une quarantaine d'années devait mesurer pas moins d'un mètre quatre-vingt-dix. Il allongea les jambes et renversa légèrement la tête vers l'arrière. Elle le regarda du coin de l'œil.

— Belle journée d'automne, n'est-ce pas? dit l'homme sans bouger.

Je la vis légèrement sursauter.

— Il doit avoir remarqué que je l'observais, pensa-t-elle.

— Oui, se contenta-t-elle de répondre.

— Vous venez souvent ici? poursuivit-il.

Malgré qu'il n'ait rien dit ou rien fait pour la provoquer, je vis qu'elle se sentit mal. Je la connais tellement. Elle n'a tout simplement pas envie d'entretenir une conversation banale et préfère être seule.

— Non, mentit-elle.

— Dommage, car c'est un endroit paisible au milieu de la ville. Idéal pour prendre une pause.

Elle ne broncha pas, ne le regarda même pas, se contentant de garder le regard fixe, droit devant elle.

— Michael, lui dit-il, se tournant vers elle en lui tendant la main.

Elle se redressa et n'avait nulle envie de faire connaissance. Elle voulait simplement prendre une pause et réfléchir à tout ce qui s'était passé ces trois dernières semaines, depuis mon décès et les funérailles. Telle que je la connais, je sais qu'elle préférait rêvasser seule, se souvenir des bons moments, s'absorber une autre fois de ces moments qu'elle qualifiait toujours des plus beaux de sa vie.

— Je dois quitter. Désolée, se contenta-t-elle de lui répondre sans toucher la main tendue vers elle.

— Ce sera pour une prochaine fois alors, dit Michael, l'étranger.

Elle marchait déjà vers son lieu de travail. Par sa démarche, je savais qu'elle était déçue de ne pouvoir pleinement jouir de ces derniers beaux moments de l'automne.

« Driiiiiinnggggggg ! », sonna son portable.

Elle fouilla rapidement dans son sac à main. Deux, trois, quatre sonneries résonnèrent avant qu'elle ne mette enfin la main sur l'appareil et pèse sur le bouton rouge.

— Sarah Donovan, dit-elle nerveusement.

— Sarah, vous avez un message urgent de rappeler le notaire Raymond le plus tôt possible, dit la secrétaire intérimaire.

— Merci, je le rappelle de suite.

— Je vous donne son numéro ? demanda la jeune voix.

— Non, je l'ai, merci, et elle raccrocha aussitôt.

Elle chercha nerveusement le numéro qu'elle avait mis en mémoire dans son appareil. Elle fit défiler deux fois les noms sur la longue liste avant de lire : « Notaire Raymond ». Elle appuya sur le bouton de démarrage qui composa aussitôt.

— Bureau du notaire Raymond, répondit la réceptionniste.

— Sarah Donovan. Je retourne l'appel urgent de Monsieur Raymond, dit Sarah, nerveuse.

— Un moment, répliqua froidement la secrétaire qui changea de ton.

Au moins trois minutes s'écoulèrent sans que personne ne vienne lui demander si elle désirait patienter. Seule la musique l'accompagnait dans cette attente qui lui sembla longue.

— Un moment, dit finalement la secrétaire qui la remit en attente sans lui demander si elle désirait toujours patienter.

Sarah commença à s'impatienter quand, par hasard, débuta la chanson *Stuck on You* de Lionel Ritchie. Elle arrêta de marcher. Elle pleurait maintenant.

« *Sarah, ma belle ! C'est notre chanson ! Tu te sou-viens ? La chanson sur laquelle nous avions dansé la pre-mière fois ensemble ! Une si vieille chanson qui pourtant jouait encore et encore à la radio. Comme nous étions bien, enlacés et nerveux de nous trouver si près l'un de l'autre pour la première fois. Tu t'en souviens, ma belle… »*

Sarah sortit un mouchoir de son sac à main et se moucha avec force. Je la vis s'essuyer les joues couvertes de larmes.

« *Écoute la belle chanson, mon ange. Elle joue pour toi et moi. »*

— C'était notre chanson, pensa-t-elle.

« *Oui Sarah, notre chanson ! Ne pleure pas. Si tu savais comme je suis heureux de pouvoir être à tes côtés. Dans quelque temps, ta peine s'estompera peu à peu et tu pourras à nouveau écouter cette chanson et sentir, tout comme je le sens présentement, toute la joie de ce souvenir et des moments magnifiques que nous avons partagés. »*

— Madame Donovan ? dit enfin le notaire, interrompant la chanson qui en était à son dernier couplet.
— Je suis là, dit-elle d'un ton frisant la frustration.
— Vous êtes libre de passer à mon bureau cet après-midi ?
— J'ai déjà d'autres rendez-vous de prévus. L'avoir su avant, j'aurais pu m'organiser, mais c'est impossible pour aujourd'hui. Mais pour demain ?
— Non madame, je dois quitter ce soir pour quelques jours et je dois m'absenter de la ville.
— La semaine prochaine alors ? proposa-t-elle.
— Madame Donovan, poursuit-il d'un ton autoritaire, il y a quelques changements, des choses importantes et nouvelles dont je dois absolument vous parler et cela ne peut attendre.
— Je ne comprends pas, coupa Sarah.
— Nous devons nous rencontrer aujourd'hui sans faute, dit-il, haussant le ton.

Sarah réfléchit.

« Je dois présenter un projet d'une importance extrême à un de mes plus grands clients et si je m'absente, je risque de perdre ce client. Je ne peux non plus déléguer ou me faire remplacer étant donné que je me suis tapé tout le boulot seule et que j'ai bâti le plan et les recommandations moi-même », pensa-t-elle.

— Vous êtes là ? Quatorze heures vous ira ? dit-il, impatient.

— J'y serai à quinze heures, finit-elle, et raccrocha.

Chapitre 11

Quinze heures quinze.
— Zut! laissa-t-elle échapper en courant vers sa voiture.

Son client l'avait retenue plus qu'elle ne l'aurait cru malgré qu'elle se dût de lui accorder tout son temps. Elle l'avait pressé et il l'avait senti. Malgré qu'elle sût que cette rencontre devait durer au moins trois heures, elle avait tenté de régler le tout en moins de deux heures.

Assise au volant de sa petite Honda vieille de dix ans, elle démarra en trombe et fila directement chez le notaire.

— Monsieur Raymond, je vous prie, demanda Sarah, essoufflée, en se présentant à la réception.
— Vous êtes en retard, répondit la réceptionniste d'un ton condescendant.

Sarah fit mine de rien et alla s'asseoir sans attendre que Lucinda lui offre poliment d'attendre. De toute façon, elle lui était antipathique et elle n'avait aucune envie de tenter d'user de diplomatie.

« Drinnnnnggggg! », sonna le portable de Sarah alors qu'elle venait à peine de reprendre son souffle.
— Sarah Donovan.
— Sarah, où êtes-vous?
— Rendez-vous personnel, répondit-elle, nerveuse, en reconnaissant la voix de son patron.
— Je veux vous voir dans l'heure qui vient, dit Bill Murphy.

— Impossible.

— Sarah, je vous avertis, je vous veux dans mon bureau d'ici une heure. Compris?

Elle n'eut pas le temps de répondre que le déclic se fit entendre. Il avait raccroché.

— Monsieur Raymond peut me recevoir maintenant? demanda Sarah, se dirigeant vers la réceptionniste.

Elle lui fit signe d'attendre. Sarah retourna s'asseoir ne sachant si elle devait retourner au bureau ou rester ici et tenter de régler le tout en quelques minutes. En plus, elle ignorait pourquoi elle était là.

— Monsieur Raymond vous recevra d'ici une dizaine de minutes, finit par dire la réceptionniste.

L'attente lui parut interminable. Feuilletant les magazines, consultant sa montre, écoutant les messages de sa boîte vocale au travail, elle avait les nerfs en boule.

«Mais pourquoi dois-je être ici aujourd'hui? Et mon client, acceptera-t-il ma proposition malgré que je n'aie pu lui expliquer tous les éléments de mon plan d'action?», pensa-t-elle, inquiète.

— Madame Donovan? dit enfin la voix du notaire derrière le mur vitré.

Elle bondit de sa chaise et le rejoint. Il marcha devant elle sans aucune salutation.

— Veuillez prendre place, lui dit-il, lui indiquant une chaise de la même salle de conférence où avait été dévoilée la nature de mon testament.

— Alors, ça devait être urgent pour que vous exigiez que je vous rencontre aujourd'hui sans faute? débuta Sarah, visiblement fâchée.

— Je voulais que vous signiez divers documents afin de régler la succession et que vous puissiez prendre possession des biens le plus tôt possible. Étant donné que Monsieur Hart avait non seulement des biens immobiliers, mais aussi des placements, j'avais besoin de votre signature sur plusieurs documents afin d'activer les procédures et de fermer ce dossier.

— Ça ne pouvait attendre quelques jours?

— Certains placements viennent à échéance et des transactions devaient être faites rapidement. Comme vous pourrez le constater, Monsieur Hart avait investi son argent dans certains fonds à risque et à court terme. Il avait la chance de son côté car ses placements ont connu une hausse de plus de trente pour cent en si peu de temps. Vous devez prendre une décision d'ici deux jours concernant ces placements à savoir si nous les renouvelons ou si vous désirez les encaisser. Comme je dois quitter la ville pour plusieurs jours, aujourd'hui devenait la date limite pour cette transaction. Il s'agit d'une somme importante.

— Combien? demanda-t-elle, soudain curieuse.

— Trois cent mille dollars.

Je sentis son cœur arrêter de battre alors que le mien bondissait de joie! J'avais risqué gros et j'avais gagné! Sarah en sera la bénéficiaire et elle pourra ainsi s'offrir tout le luxe qu'elle voudra.

— Trois cent mille dollars? répéta-t-elle, le souffle court.

— Oui madame. Alors, vous voulez que nous versions la somme dans votre compte bancaire ou vous désirez la réinvestir?

— Je crois que j'aurai besoin de conseils professionnels.

— Vous devez me répondre maintenant à savoir si je renouvelle pour les douze prochains mois ou si vous encaissez la somme.

Elle réfléchit. Elle avait l'habitude de prendre des décisions rapidement, sous la pression, mais il s'agissait d'une grosse somme et elle se sentait vraiment indécise.

— Déposez la somme dans mon compte, lança-t-elle.

— Ce sera fait d'ici les vingt-quatre prochaines heures. Signez ici en bas, ajouta-t-il sans façons.

— C'est tout?

— Ma secrétaire vous appellera d'ici la fin de la semaine et vous remettra les documents ainsi que les clés de la maison.

— On ne peut faire cela maintenant?

— Je vais vérifier, dit-il, se levant et quittant la salle prenant soin d'apporter avec lui la chemise contenant les documents.

Sarah consulta sa montre. Quarante-cinq minutes s'étaient écoulées. Même si elle quittait immédiatement, elle ne pourrait rencontrer son patron avant une bonne demi-heure. Elle composa son numéro et tenta de le joindre.

— Bureau de Bill Murphy, ici Cassandra, comment puis-je vous aider ?

— Cassandra, Bill est là ?

— Pas vraiment Sarah, il est en réunion.

— Faites-le déranger, c'est important, insista Sarah.

— Désolée mais il a été formel, il ne peut prendre aucun appel. Je peux lui transmettre un message ?

— Dites-lui que je serai là d'ici une heure.

— D'accord Sarah, je lui laisse le message.

— Madame Donovan ? dit le notaire Raymond.

— Oui ?

— Si vous avez une heure, je pourrais vous donner tous les documents ainsi que les clés.

Sarah hésita.

— C'est bon. J'attendrai, dit-elle, sachant bien que son patron s'impatienterait.

— Veuillez attendre dans la salle d'attente alors, lui indiqua le notaire.

Je la vis se lever rapidement. Elle était contrariée ; je le savais à la façon dont elle se mordillait la lèvre inférieure tout en réfléchissant, les yeux fixés droit devant.

« Comme j'aimerais te serrer dans mes bras, ma belle. Même d'ici, la vie me paraît injuste. Tu te retrouves seule maintenant et jamais plus nous ne pourrons être ensemble malgré la richesse qui te comblera matériellement. Je donnerais tout pour retourner un peu plus d'un an en arrière, sans rien, sauf être auprès de toi. »

Je voyais sa jambe croisée se balancer dans le vide. Elle s'appuyait par moments sur l'accoudoir, posant son pouce sous son menton comme si elle réfléchissait en permanence.

« Drinnnngggggg ! », sonna son portable, la faisant sursauter.

— Sarah Donovan.

— Sarah, c'est Bill Murphy. Je vous attends à mon bureau.

— J'y serai sous peu, répondit-elle, très nerveuse.

— De suite Sarah.

— Impossible, Bill. Mais aussitôt que j'ai terminé, je vais...

Il avait raccroché. Elle se leva.

— Vous pouvez demander au notaire Raymond si ce sera encore long ? demanda-t-elle à la réceptionniste.

Elle décrocha le téléphone et composa un numéro.

— Notaire Raymond ? Votre cliente s'impatiente, dit Lucinda.

Sarah sentit la colère monter. Elle se retint pour ne pas lui dire combien elle était désagréable.

— Ouais. D'accord. Je l'en informe.

Sarah se pencha sur le bord du comptoir surélevé, ayant le visage à la hauteur de Lucinda.

— Tout devrait être prêt d'ici une quinzaine de minutes.

Sarah sortit sans rien dire et se dirigea au fond du couloir à droite, aux toilettes. Devant le miroir, elle se regarda.

« Ce que tu peux être belle. Pourquoi ne le sais-tu pas ? À voir tes doigts glisser sur tes tempes, je sais que tu te dis que le temps passe et qu'il te rattrape. Ces petites ridules sont tellement charmantes. Tu es belle, ma Sarah, avec tes yeux pétillants, tes cheveux si brillants. Jamais tu ne sors de chez toi sans t'être assurée que tout était parfait et pourtant, tu es si jolie même sans toutes ces petites retouches. »

Une bonne quinzaine de minutes s'écoulèrent avant qu'elle ne retourne à la réception. Le dossier était sur le comptoir.

— Madame Donovan est revenue, dit Lucinda en appelant le notaire.

Il arriva de suite.

— Vos clés et vos documents, dit le notaire en lui tendant les clés d'une main et un dossier de l'autre.

— Et vous avez l'adresse où se situe la maison ?

— Tout est indiqué dans votre dossier, dit-il froidement.

Elle prit le tout sans les saluer et quitta en poussant la porte avec force.

Chapitre 12

E lle déposa les clés et la chemise contenant les documents sur le siège du passager. Une fois encore, elle décolla en trombe et retourna à son lieu de travail.

« Tu es heureuse, ma belle ? J'ai tellement hâte que tu visites la maison, que tu découvres ce que j'y ai déposé spécialement pour toi. »

Sarah freina. Elle venait presque de passer sur le feu rouge. Immobilisée au milieu de l'intersection, elle tenta de reculer en vain. Le véhicule derrière elle klaxonna et refusa de reculer malgré qu'il n'y eût aucun autre véhicule derrière lui.

— Imbécile, dit-elle en levant la main.

Elle regarda à gauche, puis à droite, et continua. C'était plus sécuritaire de continuer que de rester au milieu de l'intersection. Elle fit le trajet en moins de trente minutes et stationna enfin dans son emplacement réservé. Elle prit le dossier que le notaire lui avait remis afin de pouvoir le consulter à son bureau. En ouvrant la porte, tous les documents glissèrent sur l'asphalte. Deux ou trois feuilles volèrent avec la brise. Elle courut les rattraper et fourra le tout dans la chemise qu'elle laissa tomber sur la banquette du chauffeur.

— Bill vous attend dans son bureau, lui dit Cassandra lorsqu'elle arriva.

Sarah alla rapidement déposer son sac à main dans son bureau et frappa à la porte du bureau de son patron, juste à côté du sien.

— Entrez, dit-il d'un ton autoritaire.

Elle entra, les cheveux quelque peu défaits, haletante.

— Asseyez-vous, lui dit-il.

— Désolée, Bill, pour...

— Taisez-vous. C'est vous qui allez m'écouter.

Elle sursauta. Jamais elle ne l'avait vu dans un tel état.

— Je n'ai aucune félicitations à vous faire. Notre plus important client a refusé de signer le contrat que vous lui aviez proposé, mais encore plus, il demande à résilier tous ses autres contrats avec notre firme. Vous avez idée des pertes que cela représente pour nous?

— Je...

— Taisez-vous, Sarah! Vous saviez qu'il était notre plus grand client. Vous saviez que vous deviez faire tout ce qui était en votre pouvoir pour faire accepter cette entente qui selon vos dires était presque conclue. Vous avez bâclé votre présentation pour je ne sais quel rendez-vous personnel et vous avez par le fait même fait perdre ce contrat à notre entreprise. Le client s'est montré poli à votre endroit mais s'est clairement expliqué en disant qu'il consulterait une autre firme qui aurait tout son temps à lui accorder et surtout qui aurait le temps de répondre à ses interrogations et prendrait le temps d'écouter ce qu'il désirait. Vous savez ce que cela signifie?

Elle n'osa pas répondre.

— Sarah, vous êtes virée! dit-il en haussant le ton.

Elle était stupéfaite. Les yeux de Bill étaient globuleux, sa bouche écumait presque et ses mains étaient fermement appuyées sur son bureau comme s'il voulait le pousser jusqu'au sol.

— Mais...

— Cassandra a déjà rédigé votre lettre de congédiement. C'est sans appel, Sarah.

— Mais vous ne pouvez me congédier comme cela? dit-elle en colère.

— Sortez. Je vous ai assez vue.

— Vous n'avez pas le droit! répliqua-t-elle, furieuse.

— Pour un million de dollars de perte? Oh! oui, mademoiselle, j'en ai tous les droits.

Elle sortit en claquant la porte. Elle vit Cassandra, le visage pourpre, sursauter. Elle lui tendit la lettre en tremblant. Sarah lui arracha des mains et partit.

Chapitre 13

« Toc toc toc. »
Sarah ouvrit la porte.

— Bonne fête mon amour!

— Gabriel! Que c'est gentil! Mais pourquoi ces deux jolies roses bleues?

— Pour nos deux mois de fréquentation, dis-je en m'approchant pour l'embrasser.

— Tu as pensé à cela? Quelle délicatesse!

— Comment ne pas souligner deux mois de bonheur! Je suis si heureux près de toi, Sarah. Je t'aime tellement, mon ange. Depuis le premier jour où tes yeux ont croisé les miens, une petite lumière a commencé à briller dans ma vie. Elle s'est transformée en une grande luminosité faisant que ma vie est aujourd'hui si belle parce que tu es là.

— Et cette lumière brille si fort dans tes yeux qu'elle me donne envie de rêver, de croire à un avenir pour nous deux.

— Tu es sérieuse?

— J'aimerais te montrer quelque chose, dit-elle l'air taquin.

Elle ne bougea pas.

— J'attends! dis-je, étonné de son immobilité.

— C'est que nous devons nous y rendre en voiture.

— Viens, je serai le pilote de l'expédition.

— C'est à environ quarante-cinq minutes d'ici.

— J'irais au bout du monde avec toi.

Nous roulâmes tel que prévu une bonne quarantaine de minutes et, suivant ses indications, je tournai tantôt à gauche, tantôt à droite. Arrivés à un petit pont de bois, nous traversâmes une étendue d'eau pour nous retrouver sur une île.

— C'est ici ! dit-elle, le cœur joyeux.

Que j'aimais la voir sourire comme cela. Elle resplendissait comme la lumière du soleil en plein jour.

— Où sommes-nous ?

— Sur une île ! Tu peux stationner la voiture ici, dit-elle en pointant du doigt un espace asphalté situé près d'un bâtiment inhabité.

Nous sortîmes de la voiture. L'air était pur. Le vent jouait dans les feuilles des arbres centenaires.

— Viens, dit-elle, me prenant la main.

À mesure que nous avancions, je découvrais les maisons gigantesques, luxueuses, de vrais châteaux. Entre chacune d'elles, nous pouvions apercevoir l'eau qui entourait l'île et entendre par moments le bruit de bateaux à moteur. Mes yeux n'en finissaient plus de s'émerveiller sur ces demeures toutes aussi belles les unes que les autres, avec leurs fenêtres gigantesques couvrant deux étages, des portes de plus de trois mètres de haut, ou encore à la vue de colonnes blanches dressées devant, leur donnant l'allure de palais.

— Tu aimes ? demanda-t-elle.

— Tu veux rire ? C'est le paradis cette île ! Ces maisons doivent valoir une fortune.

Arrivés au bout de l'île, j'aperçus une petite maison, plus modeste, en bois, à la peinture quelque peu défraîchie.

— Regarde ce terrain. Il fait tout le bout de l'île. La vue est superbe. Tu vois les arbres ? Il y en a au moins une dizaine !

— Ils doivent faire au moins dix mètres de haut, dis-je, renversant la tête.

Je la regardais observer les alentours, fermant les yeux, respirant profondément.

— C'est mon rêve, dit-elle en me serrant la main.

— Tout un rêve !

— J'aimerais un jour vivre quelque part dans un endroit comme ici. Même si ce n'était qu'une petite maison.

— Avec moi ?

Elle s'approcha et pour la première fois, je vis dans ses yeux brillants la lumière se mêler à l'amour qu'elle me portait.

Je n'oublierai jamais ce regard. Elle venait de m'offrir ce que je croyais mort à jamais ; la sensation d'être aimé profondément malgré ma modeste situation...

Chapitre 14

« *N*e pleure pas, mon ange. Le monde est ainsi fait : cruel
et injuste par moments. Je suis là, tout près. Ne t'en
fais pas. »

Je la voyais marcher d'un pas rapide, la rage au
cœur et les yeux remplis de larmes. Elle prit l'ascenseur et
mit ses lunettes fumées d'un geste impatient. Elle tremblait. Sa lettre de congédiement dans une main et son sac à
main dans l'autre, elle respirait de façon saccadée, retenant
ses sanglots. Elle marcha jusqu'à sa voiture et ouvrit avec
peine la portière verrouillée. Voyant le dossier sur son
siège, elle le prit et le déposa sur la banquette arrière. Elle
démarra à toute vitesse et rentra chez elle.

— Salut Sarah, c'est moi, rappelle-moi quand tu
rentreras, dit Max sur son répondeur.
Elle posa ses clés sur la table et alla se changer. La
rage la rongeait et elle devait retrouver son calme. Elle
ouvrit le robinet, fit couler l'eau plus chaude que froide et
ajouta de l'essence de vanille dans l'eau de son bain. Elle
alluma une, deux chandelles, également à l'odeur de
vanille et se servit un verre de vin qu'elle déposa par terre
près du bain sur pattes.

« Où que tu sois, à ta santé, Gabriel ! » fit-elle, plon-
gée dans son bain de mousse et levant son verre de rouge.
« *À toi, ma belle ! Tu te souviens quand tu t'ap-
puyais contre mon torse mousseux, ta tête au creux de mon
épaule et que nous restions collés, dans cette position,*

pendant des heures ? Tu ouvrais le robinet pour laisser couler l'eau chaude lorsqu'elle devenait froide et nous discutions pendant des heures. Ce que ces moments peuvent me manquer mon bel ange. »

Je vis ses yeux se remplir de larmes. Elle avait retrouvé son calme mais la peine et la colère étaient encore bien présentes.

— Pourquoi ? Pourquoi suis-je seule, ici ? Pourquoi es-tu parti, Gabriel ? C'était trop tôt. J'ai été stupide. J'aurais dû t'écouter. J'aurais dû prendre le temps d'écouter ce que tu me disais quand j'ai quitté ce café. Si j'avais su que c'était notre dernier rendez-vous. Je m'en veux tellement. Aujourd'hui, je suis seule. Tu n'es plus là et ne le seras jamais plus. Pourtant, toi, tu as tenu ta promesse, tu as voulu me dire combien tu tenais à moi. Je le comprends avec tout ce que tu me laisses aujourd'hui. Mais tu n'es plus là.

Elle pleurait à chaudes larmes. Le vin faisait son effet. Elle s'assoupit.

« Toc toc toc. »
Sarah sursauta, croyant avoir rêvé. Elle sortit lentement de la baignoire d'eau froide.
— Sarah ? Sarah ! Sarah ? Tu es là ? dit une voix masculine derrière la porte.

Chapitre 15

— Max ? demanda Sarah, entourée seulement d'un drap de bain de couleur pourpre.

— Ouvre, dit-il.

— Qu'y a-t-il ? dit-elle en ouvrant la porte tout en tenant sa serviette.

— J'ai essayé d'appeler à ton bureau mais Cassandra m'a dit que tu n'étais plus là.

— Elle t'a raconté ? dit-elle.

— Non ! Elle m'a seulement dit que tu étais partie et que tu ne reviendrais plus.

— C'est une longue histoire.

— Raconte, dit Max, curieux.

— Plus tard. Je suis épuisée, dit-elle, lasse.

— Tu viens, je t'emmène dîner.

— Pas envie.

— Allez ! Habille-toi ! Je t'invite.

— Une autre fois, Max.

— J'insiste. Allez ! Tu as l'air défait. Ça te fera du bien. Je t'attends. Allez, va. Prépare-toi, je m'assieds ici, dit-il avec la ferme intention de ne pas la laisser seule.

Elle se retourna, traînant les pieds. Elle se rendit jusqu'à sa chambre et ferma la porte.

Max était assis près de la table. Il remarqua deux clés attachées à un porte-clés et une chemise contenant des documents éparpillés. Il la regarda longuement. La curiosité lui prit. Sarah était toujours dans la chambre. Il ouvrit délicatement la pochette du dossier et prit connaissance du premier paquet de feuilles.

— Confirmation du transfert de fond de trois cent mille dollars dans le compte de Sarah Donovan pour cause de succession…

Sarah ouvrit la porte. Max referma le dossier aussitôt. Elle se dirigea vers la salle de bain.

— Tu veux quelque chose à boire, Max?

— Non, répondit-il, encore sous le choc de ce qu'il venait de lire.

— Donne-moi encore une dizaine de minutes, dit-elle de la salle de bain.

— OK.

Les doigts lui brûlaient de rouvrir le dossier et de lire ce qu'il contenait.

— J'ai perdu mon emploi sans espoir d'y retourner, dit-elle.

Max sursauta, ayant la main sur le dossier.

— Pourquoi?

— Annulation d'un contrat de la part de notre plus gros client et refus d'en signer un nouveau.

— C'est ridicule! Tu en as déjà perdu d'autres avant!

— Oui, mais celui-ci c'était différent. J'ai manqué de temps et j'ai un peu bousculé le client.

— Bousculé? Ce n'est pas dans tes habitudes, dit Max, ouvrant le dossier.

Je le vis lire les documents un à un, tournant les pages avec un regard affamé qui dévorait tout.

— Ça y est, je suis prête, dit Sarah, ne remarquant pas que Max venait de refermer le dossier rapidement.

— Tu as l'air mieux! dit-il, la voix tremblante.

— Ça va, toi? On dirait que tu as vu un fantôme! dit-elle en prenant son sac à main et ses clés.

— Allons-y, dit Max, passant devant elle.

Chapitre 16

— Tu aimes le chocolat? lui demandai-je.

— Mmmmm, je l'adore! Tout comme toi.

— Que dirais-tu d'une soirée chocolatée pour fêter?

— Fêter? Mais quoi donc? demanda-t-elle, l'air visiblement surprise.

— Tu veux rire? Tu n'as pas d'idée?

— Non, Gabriel! Il y a quelque chose de spécial?

— T'es pas sérieuse?

— Oui, dit-elle, prenant un air sérieux.

— C'est... ça fait... tu es vraiment sérieuse?

Elle me regardait en silence, le regard fixe, en attendant ma réponse.

— Ça fait trois mois aujourd'hui que nous nous fréquentons, ma belle!

Elle éclata de rire.

— Tu as ta brosse à dents? me demanda-t-elle.

— Tu parles! Non! On peut dire que tu es bonne comédienne!

Elle riait aux éclats tout en s'approchant.

— Dis-moi, pourquoi j'aurais besoin d'une brosse à dents?

— Parce que je te kidnappe pour la journée et la soirée, me dit-elle tout en s'approchant pour m'embrasser.

— Et ma soirée chocolatée? dis-je.

Ses lèvres contre les miennes me faisaient toujours le même effet, même après trois mois. Elles étaient douces, passionnées et surtout, je pouvais sentir tout l'amour et la passion qui nous habitaient mutuellement. Nos baisers étaient plus doux que tout ce que j'avais goûté auparavant.

61

Chaque fois, j'avais l'impression de réaliser un rêve. Elle avait su gagner mon cœur, y entrer doucement mais profondément. Je l'aimais malgré toute la souffrance qui m'habitait encore par moments. La désillusion de la vie de couple m'avait totalement anéanti alors qu'elle, en posant le pied sur mon chemin cahoteux, elle avait réussi naturellement à enlever pierre par pierre les moments de découragement qui m'assaillaient, qui m'avaient entièrement dénaturé me laissant survivre tel un zombie.

— Alors, tu la prends cette brosse à dents que l'on parte ? me surprit-elle tout en me chatouillant.
— J'attends de savoir la destination avant.
— En voiture ! Tu le sauras une fois là-bas.
Elle avait toujours cette façon de me surprendre, de faire jaillir en moi cette joie spontanée, cette excitation que l'on ressent, un peu comme celle d'un enfant lorsque ses parents lui annoncent qu'ils l'emmènent au parc d'attractions.

— Tu as faim ? demanda-t-elle deux cents kilomètres plus loin.
— De toi !
— Il te faudra attendre encore quelques heures.
— Quelques heures ? Impossible ! Je vais mourir.
Elle prit la première sortie. Il n'y avait rien à l'horizon sauf des conifères et des indications démontrant le virage.
— Mais où m'emmènes-tu ?
— Fais-moi confiance, dit-elle, arrivant à l'intersection en T.
Elle tourna à droite. Le chemin de terre était cahoteux.
— Mais où diable m'emmènes-tu ?
Elle se contenta de me regarder en souriant. Quelques mètres plus loin, elle se rangea vers la droite et immobilisa le véhicule. Elle détacha sa ceinture de sécurité. Je l'imitai.
— Viens ici toi !
En moins de deux, elle était assise sur moi, ses lèvres contre les miennes, sa langue goûtant la mienne avec appétit.

Le chalet était minuscule, mais confortable. Sans électricité, il y avait toutefois un foyer et une lanterne que nous pouvions utiliser en cas d'urgence seulement.

— Bienvenue dans les années dix-huit cents, dit-elle, heureuse de me montrer ce qu'elle avait trouvé d'original pour fêter nos trois mois de fréquentation.

— Ouais ! C'est le luxe ! Un lit de camp pour à peine une personne, une boîte contenant des provisions pour le déjeuner et un souper..., dis-je en faisant rapidement le tour du minuscule abri.

— Des céréales, du pain, des saucisses, du café, du lait en poudre, des guimauves, du riz et deux tomates ! dit-elle, regardant avec amusement le contenu de la boîte.

— De quoi survivre une semaine, dis-je à la blague.

— Une nuit seulement ! Demain midi, nous devrons avoir quitté.

— Ce qui nous donne moins de vingt heures pour consommer tout cela.

— Consommer, profiter, goûter, et qui dit que nous devons manger ? dit-elle, me poussant sur le lit qui craqua.

Alors que ses mains parcouraient mon corps, je réalisai trop tard que le soleil s'était couché et trop tôt levé. Alors qu'elle me caressait partout de ses mains et de ses lèvres, elle se coucha sur moi alors que le soleil était maintenant bien levé.

« Drinnnnnngggggggg ! », sonna son portable.

— Il fonctionne jusqu'ici ! dit-elle, étonnée.

Elle se redressa. Son regard devint fixe et elle arrêta net de sourire. Elle appuya sur le bouton avant de jeter le téléphone sur le lit.

— Quelque chose ne va pas, mon ange ?

— Un faux numéro, dit-elle.

Je la crus à moitié. Je n'avais toutefois pas l'intention de gâcher les quelques heures qu'il nous restait à partager.

— Viens ici, dis-je en la serrant dans mes bras.

Son étreinte était différente. J'eus la sensation qu'elle était effrayée. Elle s'approcha encore plus et m'embrassa.

— Tu montes ? lui demandai-je après plus de deux

heures de route, alors que nous arrivions presque devant la porte de chez moi.

— Je dois terminer certains dossiers. On se voit demain ? proposa-t-elle.

— Comme tu voudras.

— Je me souviendrai longtemps de cette magnifique journée, dit-elle en me regardant tendrement.

— Moi aussi, mon ange. Tu es certaine que tu ne veux pas monter quelques minutes, ne serait-ce que pour te dégourdir les jambes ?

Elle fit signe que non tout en appuyant sur le bouton faisant ouvrir le coffre. Je sortis récupérer les provisions et le sac que j'avais apporté pour cette brève escapade.

— À demain, dit-elle en m'envoyant la main tout en démarrant.

C'était la première fois que je n'avais pu l'embrasser avant de la quitter.

Chapitre 17

— Tu as fait ton choix Max ?

    — J'hésite entre les pâtes ou le filet mignon, lui répondit-il, tournant nerveusement les pages du menu.

    — Je prendrai le poisson, dit-elle, fermant le menu.

    — Finalement, je prendrai le filet mignon. Tu veux du vin ?

    — Non, je préfère m'abstenir ces temps-ci.

    — Mais pourquoi ? Tu aimes le vin non ?

    — C'est que je n'ai pas le cœur à la fête. Gabriel me manque...

    — Allez ! Un verre, ça ne te fera pas de tort ! Ça te détendra.

« Méfie-toi, ma belle. Ce gars-là n'est pas net. Il n'arrête pas de bouger. »

Tu as un problème ? dit-elle.

    — Un problème ? Mais pourquoi me poses-tu cette question ? répondit Max.

    — Ta jambe ! Tu n'arrêtes pas de la balancer ! Ça ne fait pas dix minutes que nous sommes assis et tu m'as déjà frappée à trois reprises !

    — Excuse-moi, répondit-il en décroisant la jambe.

« Tu es encore si jolie, ma belle Sarah. Ta petite robe caramel avec ton collier assorti se marient à merveille avec tes cheveux et tes yeux. Ils n'ont pas encore tout l'éclat qu'ils avaient lorsque nous sortions dîner ensemble mais je sais qu'un jour ils redeviendront aussi pétillants. »

— Mes cheveux sont bien coiffés ? demanda-t-elle à Max tout en prenant l'une de ses mèches entre ses doigts.

— Tu es magnifique. Allez accompagne-moi. Que dirais-tu d'une bonne bouteille de rouge ?

— En quel honneur ? demanda-t-elle.

— Pour ton… Il s'interrompit.

Hésitant, il prit une gorgée d'eau comme s'il voulait étouffer ce qui allait sortir de sa bouche.

— Ça va, Max ? remarqua-t-elle.

— Pour notre rencontre, pour notre souper de retrouvailles.

— Retrouvailles ? Mais nous ne nous étions pas perdus de vue ! Qu'est-ce que tu as ? Tu as l'air étrange. Tu es certain que ça va ?

Le serveur s'approcha d'eux.

— Un château Margaux, demanda-t-il, refermant la carte des vins.

— Tu es fou ? Tu as hérité ou quoi ?

Il la regarda sans rien dire se contentant de sourire.

— J'ai oublié ma carte, dit-il en fouillant, tapotant ses poches de pantalon alors qu'ils vidaient leur coupe.

— Quoi ? dit Sarah, étonnée, pendant qu'elle terminait de déguster la dernière bouchée d'un succulent morceau de gâteau au chocolat.

— Je m'excuse. J'ai oublié mes cartes à la maison. Tu veux régler l'addition ? Je te le remettrai à notre prochain rendez-vous.

Sarah sortit sa carte s'abstenant de tout commentaire.

— Après tout, ce vin était délicieux et j'ai quelques centaines de milliers de dollars qui seront déposés dans mon compte dès demain, songea-t-elle en déposant sa carte à l'intérieur du livret de cuir contenant l'addition.

« Sarah ! Ne fais pas cela ! Ne le laisse pas profiter de toi. Il ne veut que profiter de… »

— Merci Sarah ! Je te remets ça au prochain rendez-vous, d'accord ? dit Max en lui serrant la main.

— Et c'est pour quand ? dit-elle, retirant sa main tout en ayant l'air visiblement agacé.

— Tu crois que j'ai fait exprès ?

Elle se contenta de le regarder sans répondre.

— Excuse-moi, je vais aux toilettes, dit-elle en se levant.

Max prit la facture et regarda longuement la carte de Sarah comme s'il mémorisait les chiffres. La facture totalisait près de huit cents dollars.

— Que fais-tu ? dit Sarah, voyant Max scruter l'addition, le carnet de cuir ouvert.

Il sursauta et le referma aussitôt.

— Je voulais voir à combien s'élevait la facture. Je te le remettrai au prochain souper.

— Tu en as les moyens ? dit-elle d'un ton qu'on aurait pu croire arrogant.

— Plus que tu ne le crois, se contenta-t-il de répondre avec un certain sourire.

« Ne te fie pas à ce type, Sarah. Malgré que tu le connaisses depuis des années, je t'ai pourtant dit que je ne le flairais pas ce mec. Il avait toujours le mot juste pour te raconter toutes sortes d'histoires et chaque fois tu l'as cru. Méfie-toi de lui. Il n'est pas là seulement pour te réconforter. Il ne faut pas croire tout ce qu'il te dit, surtout pas lui. »

— Tu viens au ciné ? lui proposa-t-il.

— Le vin fait son effet, je crois. Je préfère rentrer.

— D'accord.

Il la reconduisit chez elle tout en restant silencieux.

— Merci pour le souper, lui dit-il une fois arrivé devant chez elle.

Elle se contenta de lui sourire poliment et sortit de la voiture. Deux larmes coulèrent de ses joues.

— Ce n'est pas toi qui m'aurais fait cela. Si tu savais combien tu me manques dans ces moments, Gabriel, pensa-t-elle.

« Tu me manques aussi, ma belle. Je suis là, si près. Je t'aime tellement. »

Chapitre 18

— Sarah Donovan, dit-elle en décrochant le téléphone tout en signant un document.

— Madame Donovan, ici Madame Lazaro.

— Madame qui ? dit Sarah tout en ramassant les effets sur son bureau et les déposant dans une boîte.

— Madame Lazaro, de la banque. J'aurais une vérification à faire avec vous.

— Je vous écoute, répondit-elle, s'asseyant et faisant pivoter sa chaise en direction de la fenêtre couvrant l'une des quatre surfaces de son bureau qu'elle s'apprêtait à quitter.

— J'ai remarqué qu'une somme importante avait été déposée à votre compte il y a plus d'une semaine.

— Et ? dit Sarah, impatiente.

— Eh bien, vous avez reçu une somme d'un peu plus de trois cent mille dollars et je voulais vérifier une transaction avec vous.

— Une transaction ?

— Sur votre carte.

— Quelle carte ? demanda Sarah, qui ne comprenait rien.

— Bien, vous avez une limite de dix mille dollars et une transaction de douze mille dollars a été approuvée étant donné la liquidité que vous aviez dans votre compte bancaire. Toutefois, par mesure de sécurité, j'ai voulu vérifier avec vous cette transaction car il s'agit d'une somme importante.

— Je ne vous suis pas. De quelle carte et de quelle transaction me parlez-vous ?

— Celle que vous avez effectuée hier.

— De un, je n'ai pas fait d'achat de douze mille dollars, de deux, hier j'étais bien tranquille à la maison.

— C'est bien ce que je craignais.

— Pouvez-vous être plus claire, madame Lazaro?

— Je crois qu'il y a eu fraude...

— Fraude?

— J'ai bien peur que oui.

— Et pourquoi croyez-vous cela? C'est peut-être simplement une erreur de compte et c'est tombé sur moi.

— Je ne crois pas. Je vous explique. Hier, une dame s'est présentée à l'une de nos succursales dans une autre ville. Elle a demandé une avance de fonds sur la carte de crédit. La caissière a vérifié votre limite de crédit et malgré que cela dépassât de deux mille dollars, elle a accepté de remettre l'avance de fonds car elle a consulté votre compte bancaire et a vu que vous aviez les fonds nécessaires. Elle a donc remis l'argent à la dame.

— Elle a remis les douze mille dollars? dit Sarah, étonnée.

— Elle est en formation. Elle a omis de vérifier la signature et a accepté la transaction.

— Et alors? Vous n'allez pas me faire payer votre erreur!

— D'ici à ce que nous trouvions la coupable, je me dois de vous aviser que nous ne vous rembourserons pas ces douze mille dollars car votre dossier sera sous enquête pour fraude.

— Qu'est-ce que vous me racontez là? Vous me prenez douze mille dollars et vous me demandez d'attendre que l'on trouve le coupable avant de me remettre l'argent que vous m'avez volé?

— Nous ne vous avons rien volé. Quelqu'un a utilisé votre numéro de carte de crédit dans une ville située à plus de deux cents kilomètres d'ici et nous devons faire enquête avant de créditer votre compte.

— Ça s'est passé où?

— C'est confidentiel.

— Confidentiel? Vous voulez rire de moi? dit Sarah, exaspérée.

— Au nom de notre institution financière, nous voulons vous dire que nous sommes désolés mais...

Sarah raccrocha. En furie, elle lança dans la boîte les derniers crayons et objets personnels qui garnissaient son bureau. Elle referma la boîte en croisant les quatre bouts avec difficulté. Elle releva le combiné du téléphone noir et composa le numéro de Max.

— Désolé, je suis absent. Au son du timbre, veuillez laisser votre message.

— Max ! C'est Sarah. Rappelle-moi aussitôt que tu as ce message.

Chapitre 19

Je la vis rentrer chez elle. Elle déposa la boîte sur le seuil de la porte. Elle inséra la clé dans la serrure, ouvrit la porte d'un coup de hanche et reprit la boîte qui était sur ses pieds. Elle poussa la porte de son pied pour la refermer tout en tenant la boîte dans ses mains et la laissa ensuite tomber sur le tapis de l'entrée. Elle s'appuya contre le mur en poussant un soupir.

« *Comme tu as l'air exténué, ma belle. Décidément, ce n'est pas l'une de tes meilleures journées avec cette annonce de la banque et ton départ du travail que tu as perdu. Si tu savais comme j'aimerais être avec toi dans ces moments.* »

« Il ne me reste que ça, une boîte ! Dix années de travail envolées en fumée à cause d'un stupide notaire qui voulait me voir à tout prix », dit-elle à voix haute.
Je la vis se diriger vers la salle de bain. Elle se moucha et essuya ses larmes d'un papier mouchoir. Elle retourna dans la cuisine. Depuis plus d'une semaine, la chemise cartonnée était posée sur la table sans qu'elle ne l'ait ouverte. Elle avait besoin de calme. Malgré qu'elle vînt d'hériter d'une maison, elle ne semblait pas curieuse de courir la visiter. Elle s'arrêta près de la table, mit la main sur le dossier contenant les documents et l'ouvrit. Elle feuilleta un à un les documents : confirmation du transfert d'argent, acte notarié de la maison, copie du testament, lettre dactylographiée par la secrétaire du notaire confirmant l'adresse complète de la maison ainsi qu'un résumé des

documents joints et une petite enveloppe cachetée sur laquelle était inscrit « Sarah » à la main en lettres moulées . Elle l'ouvrit.

« Chère Sarah,

Lorsque tu ouvriras cette enveloppe, c'est que je ne serai plus de ce monde et le notaire t'aura avisée de mes dernières volontés de te léguer presque tout ce que je possédais. Peut-être ne comprendras-tu pas le pourquoi de mon geste. Tu trouveras plus d'explications lorsque tu te rendras à la maison que j'ai préparée pour nous. J'ai déposé quelque chose spécialement pour toi. Au cas où quelqu'un d'autre ouvrirait ce message, je te donne une information que toi seule comprendras. Tu trouveras ce quelque chose dans ce qui couvre ce que j'aimais tant toucher sur toi. Je t'aime, ma belle Sarah, et sache que si je le peux, de là où je suis, je veillerai sur toi. Gabriel. »

Je la vis refermer l'enveloppe et pleurer à nouveau.

« Ne pleure plus, ma belle. Tu pourras faire ce que tu aimes, vivre là où tu as toujours rêvé de vivre et profiter de la vie. Tu es si jeune encore. Tu as de belles années devant toi. Tu verras, avec le temps, ta peine s'estompera. Je veux tellement que tu sois heureuse. Malgré que je ne puisse avoir cette chance de partager ton quotidien comme je le désirais tellement, je souhaite que quelqu'un ou quelque chose remplisse ta vie ; que tes yeux recommencent à briller comme le jour où je t'ai vue pour la première fois. Tu es belle, tu es intelligente, Sarah, et tu peux réaliser tous tes rêves si tu le veux. Ne gâche pas ces belles années à me pleurer. Si tu savais comme je suis si près... »

« Tu trouveras ce quelque chose dans ce qui couvre ce que j'aimais tant toucher sur toi », relut-elle à voix haute.

Elle resta immobile, relisant la phrase une, deux, puis trois fois.

« ... ce que j'aimais tant toucher sur toi... mes lèvres, mes cheveux, mes pieds ? ... ce quelque chose qui couvre... si ce sont mes lèvres... un baume pour les lèvres ? ... si ce sont mes cheveux... un chapeau, une tuque, un béret ?... mes pieds... des bottes, des bas ? », réfléchit-elle à voix haute.

Elle replia la lettre et la remit dans la petite enveloppe. Elle sembla confuse, intriguée. Elle referma le dossier et le laissa sur la table.

« Demain. J'irai demain voir cette maison », pensa-t-elle.

Elle prit le téléphone.

« Grrrrrrrrr ! », lança-t-elle en entendant à nouveau la voix du répondeur de Max.

Elle ne lui laissa aucun message. Elle mit une veste et sortit. Démarrant sa voiture, elle partit lentement avec la ferme intention d'éclaircir cette situation. À peine cinq minutes plus tard, elle arriva devant chez Max où elle remarqua que sa voiture n'était pas garée dans son stationnement. Elle alla tout de même frapper à la porte malgré qu'elle ne vît aucune lumière à l'intérieur. Elle frappa à deux reprises, se pencha et tenta de voir à l'intérieur en plaçant les mains de chaque côté de ses yeux, bloquant la lumière. Étonnée, elle se releva et vérifia le numéro au-dessus de la porte malgré qu'elle fût persuadée d'être au bon endroit.

— Mais qu'est-ce que c'est que ça ? lâcha-t-elle, remarquant que l'intérieur était complètement vide.

Chapitre 20

— Allo ?

— Debbie ? C'est Sarah !

Un silence de quelques secondes s'écoula.

— Salut Sarah ! Quoi de neuf ? répondit Debbie, qui semblait nerveuse.

— Tu peux m'expliquer ? répliqua Sarah, visiblement énervée.

— Expliquer quoi ?

— Debbie, pas de ça avec moi. Où est Max ?

— Max ? Il devrait être chez lui.

— Debbie. Vous êtes toujours ensemble. Alors, dis-moi où est-il parti ?

— Aucune idée, dit Debbie, masquant mal sa nervosité.

— Tu me dis où il est ou j'appelle immédiatement la police, dit Sarah, haussant le ton.

Debbie raccrocha.

« Ahhhhhhhhhhh ! » cria Sarah, au bord de la colère.

Elle remonta dans sa voiture en direction de chez Debbie. À peine une dizaine de minutes plus tard, elle arriva devant l'immeuble. Elle stationna sa voiture dans l'entrée où elle ne pouvait la garer que pour quelques minutes. Allumant ses feux d'arrêt, elle sortit en courant et verrouilla les portes à l'aide de la télécommande. Arrivée dans l'entrée, elle appuya sur le bouton 5692 correspondant au numéro du condo de Debbie situé au cinquième étage. Elle attendit. Aucune réponse ni aucun son de déclenchement de la porte verrouillée. Elle appuya une deuxième, puis une troisième fois à répétition. Comme elle

n'obtenait aucune réponse, elle appuya sur le bouton de
l'intercom en le retenant :

— Debbie, je sais que tu es là. Ouvre-moi !

Elle relâcha le bouton : toujours aucune réponse.

« Zut ! »

Elle appuya au hasard sur quatre autres boutons
avant d'entendre le déclenchement du déverrouillage de la
porte. Elle l'ouvrit aussitôt et se précipita vers les ascenseurs. Elle appuya sur le bouton marqué d'une flèche vers
le haut qui s'alluma puis s'éteignit lorsque les portes s'ouvrirent. Elle enfonça impatiemment le bouton numéro cinq
indiquant qu'elle se rendait au cinquième étage. L'ascenseur s'arrêta au troisième.

— Vous descendez ? demanda une dame aux cheveux gris.

— Non, je monte.

La dame entra tout de même dans l'ascenseur. Une
odeur de parfum bon marché empesta le minuscule espace.

« Dinggggg ! », sonna la cloche indiquant qu'elles
arrivaient au cinquième étage.

— Bonne soirée, dit la dame âgée.

Sarah sortit sans lui répondre et se dirigea presque
en courant jusqu'au bout du couloir.

« Toc toc toc toc toc toc », frappa-t-elle sans arrêt et
avec force contre la porte.

Le silence envahissait les lieux. Sarah se pencha,
tentant de voir sous la porte. Aucune lumière ne paraissait
ni même dans l'œil magique qu'elle regarda de près lorsqu'elle se releva.

— Debbie, je sais que tu es là. Ouvre-moi !

Rien. Rien que le silence n'était audible.

— Debbie, ouvre-moi sinon j'appelle la police.

Je la voyais attendre et s'impatienter alors que Debbie
était recroquevillée dans un coin de son appartement,
retenant son souffle.

— D'accord, Debbie, tu l'auras cherché. Je vais voir
la police et si tu as quelque chose à voir avec la disparition
de Max, tu auras de la visite très bientôt.

Elle vira les talons en furie.

« Clic », fit une porte.

Sarah se retourna rapidement. Une porte s'ouvrit. Elle regarda au fond du couloir. C'était la voisine de Debbie. Sarah se tourna à nouveau et revint vers les ascenseurs. Alors qu'elle attendait l'ascenseur, elle consulta l'agenda sur son portable.

« Madame Lazaro », vit-elle apparaître sur l'écran à cristaux.

Elle appuya sur la touche de mémorisation qui composa le numéro.

— Madame Lazaro. Comment puis-je vous aider ?

— C'est Sarah, Sarah Donovan. J'ai peut-être des informations utiles pour vous.

— Vous pouvez passer à mon bureau ?

— Tout de suite ? demanda Sarah en lisant sur sa montre les aiguilles qui indiquaient dix-huit heures.

— Quand vous voulez.

— J'arrive.

Elles raccrochèrent simultanément sans salutations.

Chapitre 21

— Entrez, Sarah, dit Madame Lazaro.

— Je crois pouvoir vous aider dans votre enquête.

— Ah oui ? Asseyez-vous, lui dit-elle, lui montrant une chaise.

— Vous avez trouvé qui a pu faire la demande de douze mille dollars ? demanda Sarah.

— Je ne peux vous donner d'information à ce stade-ci. Les enquêteurs de la banque travaillent avec acharnement sur votre dossier.

— Vous m'avez dit qu'une femme se faisant passer pour moi était passée à la banque et avait demandé cette avance ?

La chargée de l'enquête de la banque fit signe que oui de la tête tout en fixant avec attention Sarah qui était plus en colère qu'énervée.

— Je crois savoir qui a fait cela, dit Sarah.

— Et pourquoi croyez-vous savoir qui a fait le coup ? demanda l'enquêtrice Lazaro.

— J'ai un copain, Max, qui a une copine. Et j'ai raison de croire que c'est eux.

— Et pourquoi eux ?

— Une intuition, dit Sarah, sûre d'elle-même.

— Une intuition ! Ça nous prend plus que cela pour soupçonner quelqu'un, madame Donovan !

— Vous avez une vidéo de la personne qui s'est présentée à la succursale ?

— Euh, peut-être, fit l'enquêtrice.

— Je peux l'identifier si vous voulez !

L'enquêtrice Lazaro demeura silencieuse. Elle réfléchissait. Ce n'était pas dans sa façon de faire de montrer la vidéo au départ d'autant plus qu'elle avait des soupçons sur Sarah.

— Je peux même vous apporter une photo si vous voulez. Vous pourrez comparer avec la vidéo, continua Sarah, décidée à connaître la vérité sur cette histoire de fraude.

Elle hésita, regarda Sarah et se leva.

— D'accord, je vous montre la vidéo. Ça pourrait accélérer l'enquête. Attendez-moi ici un moment.

Je la vis porter sa main à son visage puis ses doigts à sa bouche. Elle avait la manie de porter ses ongles à sa bouche lorsqu'elle vivait un stress. Sa jambe droite croisée par-dessus la gauche se balançait d'un mouvement rapide.

« Ne t'en fais pas, Sarah, elle t'aidera. Madame Lazaro ne fait que son travail. Tu n'as rien à voir dans cette histoire et elle le découvrira bientôt. »

— Voilà.

Elle revint, une cassette dans les mains. Elle l'introduisit dans le vidéo et ouvrit le petit téléviseur presque portatif.

— C'est elle! s'exclama Sarah dès les premières secondes.

— Prenez votre temps, madame Donovan, vous devez en être certaine.

— C'est Debbie. Et vous voyez là près du comptoir, l'homme, c'est Max. Il porte une casquette.

— Comment pouvez-vous en être certaine?

— Sa posture! Et je reconnais ce t-shirt sur lequel est inscrit : « I love women but I prefer soccer. »

— Vous en êtes certaine Sarah? demanda-t-elle d'un ton plus sympathique.

— À cent pour cent! répondit Sarah, le visage rouge de colère.

— Et dans quel but auraient-ils fait cela?

— Je n'en ai pas la moindre idée! Max a toujours été un bon copain depuis des années.

— Quel genre de bon copain ?

— Le genre qui est gentil avec vous, vous comprenez ?

— Pas vraiment non ! Un ancien amoureux ? demanda l'enquêtrice curieuse.

— Non ! Seulement un bon copain. Je ne comprends rien à toute cette histoire. Une chose est sûre, je vais retourner frapper à sa porte jusqu'à ce qu'elle m'ouvre, sinon, je l'enfoncerai !

— C'est inutile Sarah. Une enquête est en cours et j'envoie deux collègues immédiatement. Nous avons des liens étroits avec les membres du corps policier et ils seront là d'ici quelques heures.

— Et si elle s'en va comme Max l'a déjà fait ?

— Ne vous inquiétez pas. Ceci n'est pas de votre responsabilité. Maintenant, rentrez chez vous et allez vous reposer. Les dernières semaines ont été éprouvantes pour vous.

Sarah se leva. Elle n'avait aucune envie d'une quelconque pitié ni de se faire materner.

Chapitre 22

Voilà déjà près de quatre semaines que j'ai quitté ce monde. Malgré que le temps n'ait plus vraiment d'importance pour moi, je tiens à tenir le compte des semaines, question de garder la notion du temps pour mon bel ange, ma Sarah qui continue sa vie sans moi.

« Bip bip bip bip »

D'un geste naturel, Sarah poussa le bouton de l'alarme sans ouvrir les yeux. Elle s'étira d'abord les jambes et ensuite les bras tel un chat. Bâillant, elle ouvrit les yeux lentement, le soleil l'aveuglant. Elle repoussa les couvertures, se leva lentement et se dirigea vers la toilette.

« Bonjour, ma belle. C'est aujourd'hui le grand jour ? J'ai tellement hâte de voir ta réaction. Si tu savais ! Je paierais cher pour être près de toi. J'aurais voulu t'y conduire, te bander les yeux et te prendre par la taille une fois arrivés afin de te diriger vers l'entrée. Mais je devrai me contenter de t'observer de là où je suis et espérer que tu ressentes, ne serait-ce qu'en pensée, ma présence près de toi. »

Je la vis retirer son déshabillé ; celui qu'elle avait acheté pour notre escapade lorsqu'elle me kidnappa pour fêter nos trois mois de fréquentation. La nuisette rouge garnie de dentelle tomba sur le tapis de bain couleur coquille d'œuf, créant un contraste magnifique. Elle se doucha rapidement sans toutefois laver ses cheveux soyeux qu'elle avait relevés en chignon. Elle enfila ensuite un jeans moulant et une petite camisole épousant à merveille les courbes de son buste.

«À nous!», dit-elle en levant son verre de jus d'orange comme nous avions l'habitude de le faire ensemble.

« À nous ma douce ! J'ai hâte que tu voies ma surprise ! »

Elle cala son verre et se brossa rapidement les dents. Elle se regarda dans le miroir. Son regard se fixa.

« Tu as toujours des yeux magnifiques. Dommage qu'ils soient encore si tristes. »

« Veux-tu bien me dire ce que je trouverai dans la maison et où je le trouverai ? Je n'ai toujours pas d'idées de ce que je dois trouver. De quelle partie de mon corps voulais-tu parler dans ta lettre ? Celle que tu aimais toucher, les lèvres ou les cheveux ? Ou bien… ou bien, j'ai trouvé… les pieds ? C'est ça ? Les pieds ! Et ce qui les couvre c'est… c'est ? Des bas ? Je trouverai quelque chose dans des bas ? »

Pour la première fois depuis mon décès, je vis une petite étincelle dans ses yeux, telle une étincelle dans les yeux d'une enfant venant de trouver la réponse à une devinette.
« Un mot dans un bas ? Il n'y a bien que toi pour faire cela, mon amour de Gabriel ! Quel ratoureux ! »
Je revis les nuages couvrir ses yeux et des larmes revenir. Elle avait eu cet éclat de soleil qui n'avait duré que l'espace de deux ou trois secondes. C'était tout de même un début, après un mois.

Elle mit un disque de Sarah McLachlan dans le lecteur CD de sa voiture. *Angel, Building a Mystery, Fallen* jouaient, s'enchaînant doucement comme les cent cinquante kilomètres qui la séparaient du trésor que je lui réservais.

« Gabriel. Pourquoi as-tu fait cela ? Jamais je n'aurais cru à tout cela. Jamais je n'aurais cru que tu tenais autant à moi et pourtant… J'aurais tant aimé être auprès de toi. C'est ma faute si je n'ai pas su écouter, attendre tes explications. J'avais tellement peur de t'aimer que j'ai préféré mettre fin à notre histoire malgré tout l'amour que j'éprouvais. Aujourd'hui, j'ai la plus belle preuve que tu m'aimais vraiment. Par respect, tu as gardé le silence, préparant un havre de paix pour nous dans l'espoir que nous le partagions. Mais la vie a fait que tu es parti trop tôt, beaucoup trop rapidement », pensa-t-elle tout en recommençant doucement à pleurer.

« Sarah, Sarah, ma douce, si tu savais. Tout ce temps où je préparais cet endroit pour nous, j'y prenais tant de plaisir, je ressentais tant de joie juste à t'imaginer m'y rejoindre. Je fondais tant d'espoir en notre retour possible que je n'étais nullement porté par la tristesse, mais plutôt par le bonheur d'avoir l'espoir qu'un jour nous vivrions tous les deux heureux et amoureux dans cet endroit de rêve : ton rêve et le mien. Aujourd'hui, mon bel amour, ne t'en fais pas pour moi. Si tu savais… Je t'aime, je t'aime tellement. Cet amour que nous partageons sans toutefois pouvoir le vivre l'un près de l'autre est pour moi éternel. Je ne t'oublie pas et reste là, près de toi, tout près. »

Sarah freina du plus fort qu'elle pouvait, s'agrippant au volant. L'auto s'immobilisa. Son cœur battait si fort qu'elle pouvait l'entendre résonner dans ses oreilles malgré la musique qui jouait.

— Espèce d'imbécile, cria-t-elle.

Une petite voiture de couleur bleu poudre roulait à peine trente kilomètres à l'heure devant elle. Le conducteur, coiffé d'un chapeau, était sorti d'une cour boisée, ne vérifiant pas si des voitures venaient en sens inverse. Le conducteur imprudent continua sa route ne se préoccupant pas de savoir si elle avait besoin d'aide. La voiture immobilisée de travers bloquait les deux voies de cette route secondaire où les voitures roulaient en moyenne quatre-vingt-dix kilomètres à l'heure. Elle aperçut au loin une voiture qui arrivait face à elle. Elle pesa immédiatement sur l'accélérateur, se retrouvant dans la voie de droite. Tremblante, elle retira le DC du lecteur et le posa sur le siège du passager.

« Un peu plus et j'allais te rejoindre », laissa-t-elle échapper.

J'étais chaque fois surpris qu'elle s'adresse à moi autant en paroles qu'en pensées. J'avais cru qu'elle m'aurait oublié après quelques semaines, mais encore maintenant, après plusieurs semaines, j'ai la preuve que ce n'est pas le cas. Peut-être aujourd'hui pense-t-elle un peu plus à moi parce qu'elle sait que je ne suis plus de ce monde ?

Elle retira la feuille sous le DC, sur la banquette du passager, tentant de lire l'adresse qu'elle avait notée : « 111, chemin Donovan ».

« Ah ! Gabriel ! Tu as même nommé le chemin menant à la maison à mon nom. »
« Tu as souri ? C'est bien un petit sourire que je viens de voir apparaître sur tes lèvres ? »

Je la vis, penchée légèrement vers l'avant, cherchant le chemin Donovan à sa gauche.
« Pas ici. Pas de nom. Pas de boîte aux lettres. Et ici qu'est-ce que c'est ? »
J'aimais l'entendre penser à voix haute.
« 111, voilà ! Ça devrait être ici », continua-t-elle à voix haute.
Elle s'engagea dans le chemin de terre bordé de conifères.
« Outch ! », dit-elle, se cognant presque, alors que la voiture circulait sur le chemin couvert de multiples trous.
Les conifères cédaient doucement leurs places à de magnifiques érables puis, finalement, à un terrain vaste.
« Oh ! Wow ! », laissa-t-elle échapper.
Elle lâcha l'accélérateur, laissant la voiture avancer lentement, ce qui lui permit de mieux admirer la beauté de ce qui se dessinait devant elle.
« Tu es fou ! », dit-elle, plaçant la main droite devant sa bouche tellement elle était émerveillée.
Un lac d'environ un demi-kilomètre de large se dessinait devant la maison, tout au fond. On pouvait y accéder en traversant un petit pont de bois ne pouvant contenir

qu'une voiture à la fois.

« Une maison en pierre rose ! Et des fenêtres immenses, en demi-lunes, devant ! »

Je voyais ses yeux émerveillés et sa bouche mi-ouverte ; sa respiration s'était arrêtée l'espace de quelques secondes.

« C'est de toute beauté. Un vrai château... », dit-elle à mi-voix, plus qu'étonnée.

« *Pour toi, ma princesse, ma belle Sarah que j'aimerai toujours.* »

Elle traversa le pont, laissant la voiture avancer d'elle-même. Ses yeux étaient grands ouverts et je pouvais presque sentir la joie qui l'habitait.

« Que c'est joli ! C'est incroyablement beau ! Un vrai paradis ! Gabriel, mais pourquoi ? »

J'aurais tant aimé qu'elle puisse m'entendre, qu'elle puisse comprendre ce que je voulais lui dire, lui faire ressentir tout l'amour que j'avais et que j'aurai toujours pour elle. Elle avait été mon rayon de soleil, la flamme qui raviva l'homme en cendre, l'homme démoli que j'étais. Aujourd'hui, à mon tour, je suis si heureux de la voir émerveillée à ce point. Peut-être lui donnerai-je une infime partie de ce qu'elle m'avait si généreusement donné ; l'espoir que la vie, malgré tout, vaut la peine d'être vécue...

Je vis ses joues mouillées de larmes. Pleurait-elle de joie, de tristesse ou les deux à la fois ? Une fois arrivée sous le porche, soutenu par deux immenses colonnes blanches, elle admira la beauté de la maison et des lieux avant de descendre de la voiture. Elle coupa le contact du moteur et se glissa la tête par le trou de la fenêtre laissée à moitié ouverte. Les yeux écarquillés, elle sortit de la voiture et se tint debout devant la maison. Elle semblait si fragile, si petite devant ce château de rêve.

« Gabriel, elle est superbe, magnifique, tout comme tu l'étais. J'aurais tant aimé être ici avec toi. Je n'en reviens pas encore que tu aies pu cacher cela tout ce temps. Mais pourquoi avoir fait tout cela ? », dit-elle à voix basse comme si elle priait.

Elle pivota vers la voiture et ouvrit la porte, cher-chant les clés de la maison dans son sac à main. Ses mains tremblaient légèrement. Elle secoua tout le sac, le vida sur la banquette et finit par trouver les fameuses clés accro-chées à un minuscule porte-clés en forme de point d'inter-rogation. Elle eut un léger sourire à la vue de ce porte-clés rouge vif.

« C'était une question ! », lança-t-elle à blague, comme si elle eut cru que je lui répondrais.

Elle glissa la clé dans la serrure qui fit un déclic. Elle mit la main sur la poignée et comme elle poussait la porte, elle crut entendre une sonnerie. Elle tendit l'oreille.

« Drinnnnnngggggggggg ! »

Elle retourna rapidement à sa voiture, prenant le portable sur le siège parmi tout le contenu du sac à main.

— Allo ?

— Madame Donovan ? dit une voix féminine.

— Oui, c'est moi.

— Nous avons Debbie avec nous. Vous pouvez venir nous rencontrer ?

— Qui parle ?

— Détective Glasco de la police.

— C'est que je suis hors de la ville.

— Vous pouvez venir pour quelques clarifications ? Ça ne devrait prendre qu'une heure environ.

— Ça peut attendre à demain ?

— Votre ami Max demeure introuvable et plus les heures passent, plus il sera difficile de le localiser.

— Et Debbie ? Elle ne peut vous donner des infor-mations à son sujet ?

— Elle dit qu'elle n'en sait rien.

— Je n'en sais pas plus, dit Sarah, qui commençait à s'impatienter.

— Madame Donovan, nous avons besoin de vous poser quelques questions et je vous demanderais de vous présenter au poste de police le plus rapidement possible.

Elle sauta comme si elle piquait une colère.

— J'y serai d'ici deux heures, dit-elle en raccro-chant.

Elle ne prit pas le temps de regarder à l'intérieur de la magnifique maison et referma la grande porte blanche en prenant soin de bien verrouiller la serrure.

« Zut de zut ! » On peut dire que c'est ça manquer son coup !

Elle prit ses effets personnels répandus sur son siège et les fourra impatiemment dans sa bourse qu'elle lança sur le siège du passager.

— Ce foutu cellulaire, je vais l'oublier la prochaine fois, dit-elle, rageant.

Elle démarra à regret, laissant derrière elle la maison de ses rêves, un cadeau du ciel, celui de son ange Gabriel, comme elle aimait m'appeler.

Chapitre 23

— Debbie ? Debbie ! Debbiiiieeeeeeeee ! Réponds bordel !
C'est moi, Max !

Le répondeur de Debbie enregistra tout ainsi que la
police qui avait mis la ligne sur écoute.

— Tu l'as repéré ? demanda la détective Glasco
s'adressant à l'un de ses collègues muni d'écouteurs.

— Il a raccroché.

— Merde !, lança-t-elle.

Elle retourna dans la petite salle vitrée.

— Mademoiselle Debbie ?

Elle ne broncha pas. La détective s'approcha plus
près.

— Vous n'avez aucune idée de l'endroit où est Max
et pourquoi il serait parti ?

Elle fit signe que non tout en regardant par terre.

— Alors pourquoi vient-il de vous appeler vous
demandant de décrocher ? cria la détective en frappant la
table de son poing.

Debbie sursauta. Elle regardait toujours le sol et
masquait mal sa nervosité. Ses jambes se mirent à bouger et
ses mains tremblèrent légèrement.

— Je vous ai posé une question. Regardez-moi et
répondez-moi ! cria-t-elle aussi fort.

Debbie ne dit rien. Ses yeux restaient rivés au sol.
Elle ne fit que poser ses mains sous ses cuisses pour ne pas
lui montrer qu'elle l'intimidait.

— Alors si c'est comme cela, mademoiselle, nous
allons vous garder ici quelques jours, le temps d'éclaircir
toute cette histoire.

— Je ne sais rien, dit-elle.

— Vous ne savez rien ? Alors pourquoi vous appelle-t-il ?

— Je n'en sais rien, répliqua Debbie à voix basse.

— Mettez-la sous cle, dit la détective à son subalterne, un jeune policier d'une vingtaine d'années, lui signifiant de conduire la présumée complice dans une cellule.

— Vous n'avez pas le droit, dit Debbie d'une voix tremblante.

— Oh ! que oui, ma petite demoiselle ! J'ai tous les droits quand nous avons un suspect muet ! répliqua-t-elle, la regardant avec mépris.

Chapitre 24

— Maman ? On peut aller voir papa ? demanda Francis.
    — Maintenant ?
    — Oui.
    — J'avais prévu aller faire des courses, répondit
Julia.
    — Je peux y aller à bicyclette alors ?
    — Seul ?
    — Oui. Marie ! Mariiiiiiiiiie ? Tu veux venir avec
moi voir papa ? demanda Francis en s'adressant à sa soeur.
    — Noooonnnnnn, répondit-elle, l'air effrayé.
    — Dis oui, maman. Je serai prudent.
    — D'accord, Francis, mais à condition que tu me
promettes de n'aller que là et de revenir après.
    — Promis ! répondit-il, l'air heureux.
    Je le vis sortir en courant et enfourcher sa bicyclette
pour se rendre au cimetière.

    *« Que tu es beau mon cher fils ! Tu grandis à vue
d'œil. Déjà plus d'un mois que j'ai quitté ce monde et il me
semble que tu changes trop rapidement. Je n'avais jamais
remarqué tes cheveux droits volant dans le vent lorsque tu
conduisais ta bicyclette. Ce que j'ai pu perdre de beaux
moments quand j'étais pourtant si près de vous. Aujour-
d'hui, de là où je suis, je te vois filer si rapidement que
même en joggant, je ne pourrais te suivre. Pourtant, il n'y a
pas si longtemps, je poussais ta bicyclette en te disant de
regarder en avant… »*

— J'arrive, papa, dit-il en franchissant l'entrée du cimetière.

« Je suis si fier de toi, mon fils. J'ai de la chance d'avoir un fils tel que toi, débrouillard, courageux et sensible à la fois. Tu me manques tellement. J'aimerais tant te serrer dans mes bras pour que tu sentes combien je peux t'aimer. »

Il déposa sa bicyclette sur le côté, ne se préoccupant pas de l'appuyer sur la patte servant à la retenir à la verticale. Il marcha lentement, comme s'il avait peur de tomber dans un trou. Il passa près d'une, de deux et finalement s'arrêta devant la troisième pierre tombale sur laquelle était gravé :

Un ange au cœur généreux
Gabriel Hart
1954-2005

« Bonjour, papa », dit-il à voix basse.

« Je suis là, avec toi mon fils. Si tu pouvais m'entendre... »

« Je ne sais pas trop comment ça fonctionne ici, mais j'avais envie de venir te voir. C'est joli la pierre noire et grise. Maman a fait mettre ta photo dans un petit cercle. C'est plus facile pour te reconnaître. J'avais le goût de venir ici. Peut-être ne m'entends-tu pas, mais je viens quand même parce que si jamais tu es là et que tu es seul, je ne veux pas que tu t'ennuies. »

J'eus envie de pleurer malgré ma joie. Je le vis mettre ses mains dans ses poches et se balancer d'un côté et de l'autre comme si quelque chose ou quelqu'un l'intimidait.

« Il fait beau aujourd'hui alors j'ai pu prendre ma bicyclette avant que la neige soit là et qu'il fasse trop froid. À la maison, ça va bien. Marie est un peu triste mais je la console et j'essaie de lui changer les idées en lui demandant de jouer à des jeux de société. Maman, elle, va bien.

Elle a son copain et ils essaient de sortir avec Marie et moi pour nous changer les idées. Il est correct avec nous, son copain, mais ce n'est pas comme quand tu étais là. J'avais bien aimé quand tu étais venu à la maison à ta sortie de l'hôpital. Maman était bien avec son copain et nous, nous étions ensemble. J'aurais aimé que tu restes avec nous tout le temps mais maman ne voulait pas ni son copain. Marie et moi nous aurions aimé ça. À part cela, je vais toujours à l'école et j'ai de bonnes notes. Les gros examens seront avant Noël dans un peu plus d'un mois. »

Il s'arrêta, sortit les mains de ses poches pour s'essuyer les yeux.

« Noël... snifffff... Noël s'en vient. Tu ne seras pas là, pour la première fois. J'ai pas hâte à Noël cette année. Ça ne sera pas pareil... »

Il se retint de pleurer, comme un homme, comme on lui avait dit ; un homme ça doit être fort.

« Francis, mon grand, ne pleure pas. Je sais, cette année, ce sera différent. Si tu savais comment je t'entends, comment je te ressens. J'entends tout ce que tu me dis et je reste là, tout près. J'aimerais tant te serrer dans mes bras, essuyer tes larmes... »

« Papa, je voulais te dire que je sais que je n'ai pas toujours été gentil. J'ai souvent fait du mal à Marie quand j'étais plus petit parce que j'étais jaloux qu'elle soit toujours près de toi. Je voulais te garder pour moi et je la repoussais souvent pour qu'elle s'en aille. Mais je ne voulais pas être méchant. Je voulais te dire que je prends soin d'elle et que je fais attention. Depuis le dernier soir dans ta chambre d'hôpital, je me suis promis de veiller sur elle car j'ai su que tu ne seras plus là. L'ami de maman, c'est pas pareil comme si c'était toi. Il n'est pas de la famille tandis que moi je suis son frère à Marie. J'espère que tu seras fier de moi. »

« Si tu savais mon fils combien je t'aime, combien tu es un fils exceptionnel, et ce, depuis ta naissance. Tu as un grand cœur. Tu portes bien ton nom, Francis Hart. Papa est fier de toi, mon grand. Tu comprends, mon Francis ? Papa est très fier de ce que tu es... »

Il s'approcha un peu plus de la pierre et se pencha, les genoux pliés. Je vis sa main encore à moitié potelée, à moitié adulte s'approcher de la photo encerclée, prise dans la pierre. Il y toucha du bout des doigts comme s'il avait peur que quelque chose sorte en bondissant.

« Papa »

Il respira profondément, toucha la photo de toute sa main.

« Papa, je… je t'aime »

Il pencha la tête, regarda par terre et se mit à pleurer. Il se releva, entoura de ses bras la pierre comme s'il me faisait une caresse et se releva aussitôt.

« À bientôt, papa. Je reviendrai te donner des nouvelles de nous. J'espère que le temps n'est pas trop long pour toi et que si tu es ici seul, tu as des visiteurs qui viennent. Je viendrai encore pour que tu ne sois pas toujours seul. Ça pourra être plus difficile avec la neige cet hiver mais je vais essayer de revenir très bientôt. »

« Ah, mon petit bonhomme, tu es encore si petit pour moi et voilà que tu t'inquiètes de moi. Je te reconnais bien ! Ne t'en fais pas pour moi. Continue de protéger et de prendre soin de ta sœur comme tu le fais si bien. Pour le reste, continue ta vie et pense à toi. »

Je le vis reprendre sa bicyclette. Il marcha à côté, comme s'il voulait prendre le temps de réfléchir à ce qu'il venait de faire. Il marcha jusqu'à la sortie, la tête légèrement penchée vers le sol, frappant par moments du pied les cailloux sur son chemin. Il arriva devant le feu de circulation, la bicyclette toujours à ses côtés. Il attendit au feu rouge. Près de lui, une voiture rouge attendait. La dame aux cheveux bruns portait des verres fumés. Elle se pencha pour le regarder. Elle se releva puis se pencha à nouveau.

« Put put ! », klaxonna-t-elle.

Francis se tourna en direction de la voiture. Une main se leva pour le saluer. Il ne la reconnut pas. Sarah accéléra lorsque le feu passa au vert.

Chapitre 25

— Détective Glasco, demanda Sarah en arrivant à la réception du poste de police.

— Un instant, je l'appelle, lui dit la policière en service.

« Bizzzzzzzzzzz ! », résonna le bouton de la porte d'entrée des bureaux.

— Suivez le couloir au fond à gauche, lui indiqua la policière en lui montrant la porte qui sonnait.

Le long corridor et le plancher de couleur crème étaient immaculés. Une odeur de désinfectant au citron embaumait les lieux silencieux. Elle pouvait entendre le bruit de ses talons résonner dans tout le corridor. Des portes fermées à gauche et à droite ne laissaient transparaître ni son, ni vie. On aurait dit un couloir d'isolement. Arrivée au fond, elle tourna vers la gauche où elle aperçut la détective Glasco qui l'attendait au milieu du corridor.

— Merci, madame Donovan, d'être venue.

Sarah se contenta de la regarder et de lui adresser un sourire poli.

— Entrez, par ici, lui indiqua la détective.

Sarah entra dans la petite pièce garnie d'une simple table rectangulaire et de trois chaises.

— Asseyez-vous.

Elle posa son sac à main par terre et prit soin de fermer son portable. Elle s'assit sur l'une des chaises de bois inconfortables.

— Nous avons peu d'informations mais nous devons vous poser quelques questions afin de tenter d'avoir des détails sur les raisons de cette fraude et de savoir où Max

peut se cacher. Tout laisse croire qu'il a quitté son appartement sans laisser d'adresse. Vous êtes disposée à répondre
à mes questions?

— Tout ce que vous voulez, et au plus vite, je suis
fatiguée après toute cette route. J'ai hâte d'être chez moi.

— Depuis quand connaissez-vous Max?

— Une dizaine d'années.

— Vous pouvez être plus précise?

— Dix ou onze ans maximum.

— Et comment l'avez-vous connu? demanda la
détective tout en prenant des notes.

— Dans une discothèque.

— Et?

— Et c'est tout, dit Sarah, visiblement agacée de
n'avoir rien d'autre à ajouter.

— Comment cela s'est-il passé?

— Une copine m'a présenté Max et nous sommes
devenus amis.

— Quel est le nom de votre copine?

Sarah respira profondément.

— Elle s'appelait Martha.

— S'appelait?

— Elle est décédée, dans un accident. Un accident
de la route, il y a deux ans.

— Désolée.

— Vous avez d'autres questions? demanda Sarah
qui n'avait qu'une envie: celle de partir.

— Racontez-moi quelle était votre relation avec ce
Max depuis ces dix ou onze dernières années.

— C'était un bon copain, sans plus. Nous sortions
ensemble avec des amis. Parfois, il m'invitait à déjeuner ou
à souper. Il avait des copines et moi des copains.

— Vous voulez dire un petit ami sérieux et lui une
petite amie sérieuse?

— Oui! Nous étions de bons amis, nous sortions
parfois ensemble en amis et parfois en couples lorsque
nous avions des partenaires.

— Et comment ça se passait?

— Toujours très bien.

— Rien d'étrange ou de particulier? demanda la
détective.

— Non. Peut-être seulement une chose; mon dernier copain ne l'aimait pas vraiment.

— Que voulez-vous dire?

— Il ne l'aimait pas.

— Comment s'appelait votre copain?

— Gabriel Hart.

— Et pourquoi ne l'aimait-il pas?

— Il disait que ce gars n'était pas clair, qu'il cachait quelque chose.

— Et vous, qu'en pensiez-vous?

— Qu'il était un peu jaloux.

— Vous ne soupçonniez donc pas que ce Max pouvait être un fraudeur? demanda la détective en regardant par-dessus ses petites lunettes.

— L'est-il? Je n'ai jamais vu ou entendu quoi que ce soit qui aurait pu me faire penser cela pendant ces onze années, dit Sarah, visiblement agacée.

— Bon. Autre chose que vous pourriez me dire à son sujet? Un événement récent qui se serait déroulé et qui pourrait avoir un lien avec ce qui s'est passé?

— Non. Je ne vois pas. À part le décès de Gabriel Hart...

— Votre ex-petit copain?

— Oui. Il est décédé récemment. Max m'a invitée à souper un soir la semaine dernière.

— Et vous n'avez rien remarqué d'étrange à son égard? demanda la détective Glasco.

— Non.

Sarah réfléchit. Elle se remémora le souper.

— À part peut-être la bouteille de vin.

— La bouteille de vin?

— Oui! Il a commandé une bouteille de plus de cinq cents dollars pour souper disant que nous devions fêter.

— Et pour quelles raisons?

— Rien! Seulement notre souper ensemble.

— Et vous n'avez rien remarqué d'étrange dans ses agissements, son comportement?

— Pas vraiment. Il voulait que j'aille chez lui et j'ai refusé. Il m'a promis de me remettre le souper, de m'inviter à nouveau car il avait oublié sa carte.

— Quelle carte?

— Sa carte de crédit.

— Et vous n'avez pas trouvé cela étrange?

— Pas du tout! Ça nous arrive tous par moments d'oublier notre porte-monnaie ou nos cartes!

— Mais la bouteille à cinq cents dollars?

— Max est un excentrique.

La détective se contenta de hausser les épaules et de prendre des notes.

— Voici ma carte. Appelez-moi si vous avez des détails supplémentaires à me fournir.

— C'est tout? demanda Sarah, heureuse de pouvoir quitter si rapidement.

— Ne quittez pas la ville pour au moins deux jours.

— Pourquoi?

— Nous pourrions avoir d'autres questions à vous poser et avoir besoin que vous reveniez ici alors restez près.

Sarah se leva et se dirigea vers la porte.

— Vous reprenez le corridor et tournez à droite jusqu'à l'entrée.

Elle partit sans dire un mot, sachant qu'elle ne pourrait retrouver le cadeau de ses rêves avant deux autres jours.

Chapitre 26

— Tu es si belle.

— Hmmm, laisse-moi dormir encore un peu, me répondit-elle, endormie.

— Le soleil est magnifique ce matin. Viens, je t'emmène.

— Pas tout de suite, je veux dormir encore un peu.

Je glissai mes doigts sur son nez puis sur sa joue. Elle grimaça comme elle avait l'habitude de le faire.

— Debout, mon ange. On va faire une promenade.

Elle se retourna sur le côté en remontant les couvertures. Je m'approchai d'elle, l'enlaçant tendrement, appuyant mon torse contre son dos. Comme tous les matins, son corps était brûlant. Ma main glissa sur son avant-bras puis sur la courbe de ses hanches. Ses fesses appuyées contre mes cuisses bougèrent légèrement, signe qu'elle se réveillait lentement. Ma main continuait son parcours de ses cuisses à ses hanches jusqu'à son dos lorsqu'elle mit à son tour sa main sur ma cuisse. Elle se tourna légèrement vers moi.

— Alors, tu veux sortir ? dit-elle en ouvrant les yeux.

Elle avait ce sourire resplendissant rempli de douceur qui me faisait craquer à chaque fois. Même après toutes ces semaines de fréquentation, elle me plaisait toujours et encore plus de jour en jour.

— Je te promets quelque chose de spécial pour aujourd'hui, lui dis-je en passant ma main dans ses cheveux.

— Tu sais quelle température il fait ?

— Au moins vingt degrés. Ce sera une chaude journée.

— Et il n'est que...

Elle s'étira pour regarder l'heure sur le réveil.

— ... Huit heures ! Je veux dormir. Tu m'as épuisée, hier, dit-elle avec son sourire moqueur.

Elle mit les couvertures sur sa tête.

— Mademoiselle Sarah ! La douche vous réclame ainsi qu'un copieux petit-déjeuner alors sortez de suite de votre cachette ! Votre voiture sera devant la porte dans une heure exactement !

— D'accord ! Tu as gagné ! dit-elle, descendant le drap de sur sa tête.

Elle bondit hors du lit rejetant les couvertures presque sur moi et m'embrassa. Elle courut nue jusqu'à la salle de bain. La douche coula à peine quelques secondes plus tard et j'allai préparer le café, les oeufs, des fruits et du yaourt frais.

— Mmmmmm, ça sent bon ici, dit-elle en sortant de la salle de bain, vêtue d'une serviette solidement attachée autour de sa poitrine.

— Votre café est servi, mademoiselle, dis-je en lui tendant une tasse fumante de café.

— Tu es un amour.

— Tout comme toi, ma belle princesse.

— Tu es prêt ?

— Prêt ? Mais pourquoi ? dis-je.

— Prêt à partir.

— Oh ! là ! Un instant ! Le petit-déjeuner avant, la douche ensuite ...

— Ah ! les hommes ! Ils se font toujours attendre.

— Bon appétit, ma belle.

— C'est délicieux ! Pourquoi ne t'ai-je pas rencontré avant, Gabriel Hart ? dit-elle, passant ses doigts doucement sur ses lèvres couvertes de yaourt.

— Un ange tarde toujours à entrer dans notre vie. Peut-être avais-je à t'attendre tout ce temps afin de mieux t'apprécier.

Elle posa sa main sur la mienne. Ses yeux dégageaient une infinie tendresse et son sourire était aussi délicieux que le miel qui coulait sur mes lèvres.

— Je t'aime, dit-elle simplement.

— Tu as les clés?

— Regarde sur le comptoir, me cria-t-elle de la salle de bain.

— Je t'attends dans la voiture.

— Hum hum, dit-elle, terminant de se brosser les dents.

— Tu veux écouter de la musique? lui demandai-je alors qu'elle prenait place près de moi.

— Michael Bublé?

— Bonne idée, dis-je, prenant le DC qu'elle me tendait.

— Chanson numéro cinq, dit-elle.

— À vos ordres, mademoiselle la romantique.

— J'adore cette chanson, dit-elle à l'écoute de *Home*.

Je mis ma main sur sa cuisse. Elle posa la paume de la sienne sur la mienne. Les kilomètres filèrent à la vitesse de l'éclair, tout comme le temps.

— C'est encore loin? Voilà plus d'une heure que nous roulons, dit-elle.

— Quelques minutes encore.

— Wow! C'est joli ici, s'exclama-t-elle alors que nous arrivions dans un stationnement.

— Tu n'as rien vu encore! dis-je, heureux de pouvoir lui montrer quelque chose de nouveau.

— Je comprends que tu m'aies demandé de mettre mes espadrilles et de la crème solaire, dit-elle en voyant la montagne.

— Tu es prête pour faire de l'escalade?

— De l'escalade? Avec des harnais?

— Non! Sur un sentier pédestre! Tu as déjà fait du *hiking*?

— Oui, mais pas ici.

Empruntant le sentier de couleur noir, le plus difficile, nous montâmes plusieurs centaines de mètres, nous arrêtant par moments pour admirer le paysage.

— Encore une dizaine de minutes et nous y serons, dis-je pour l'encourager.

— Déjà? Ça fait seulement quatre-vingt-dix minutes que l'on monte, me répond-elle à la blague.

— Tu veux que je te porte ?

— C'est plutôt moi qui devrais te porter. N'oublie pas que tu as onze ans de plus que moi ! dit-elle en me tapotant une fesse.

— Ha ha ! J'aurais cru le contraire, dis-je en lui tapant le mollet alors qu'elle passait devant.

— Ouf ! Je crois que nous y sommes, dit-elle, montant sur la dernière pierre placée devant.

Je vis ses yeux s'agrandir, son sourire s'élargir. Elle respira profondément et ouvrit les bras.

— Superbe ! Quelle vue magnifique ! C'est féérique ! Tu as le don de me faire voir des choses exceptionnelles.

— C'est que toi, tu es exceptionnelle, ma belle.

Du haut des neuf cent dix mètres d'altitude où nous étions, la vue était splendide. Les conifères à perte de vue, les vallées, le sillon tracé par une rivière traversant de gauche à droite ; ce paysage d'été était l'un des plus beaux tableaux vivants que j'ai vus.

— Ça te plaît ?

Elle me regarda et me prit la main, la serrant fortement.

— Plus que tu ne peux l'imaginer. Ce que tu peux avoir la façon de me faire plaisir. Tu sais combien j'adore contempler la nature. De pouvoir l'admirer de cette façon est l'un des plus beaux cadeaux que tu pouvais m'offrir.

— Un cadeau ? Je n'y avais pas songé, mais si tu le prends ainsi, j'en suis fort heureux.

— Ça fait cinq mois déjà ! dit-elle, heureuse.

J'avais oublié ! Déjà cinq mois ! Cinq mois que nous nous fréquentions ! Que le temps filait rapidement depuis que nous nous fréquentions. Je levai ma main qui tenait toujours la sienne et la portai à mon cœur.

— Merci Sarah.

— Pourquoi ?

Je serrai sa main un peu plus contre ma poitrine.

— Merci. Jamais je n'aurais cru sortir de cet abîme. Tu as su comment aider à guérir ce qui m'empêchait de vivre. La vie m'avait enlevé tout ce à quoi je rêvais si fort et ta présence a fait que lentement, les blessures se sont guéries une à une. Je ne croyais plus à l'amour, ni à la vie à deux. J'avais ma famille, ma femme, mes enfants, et du jour au lendemain j'ai tout perdu. Je me suis retrouvé seul sans aucune raison. Ma femme avait décidé qu'elle en avait assez de notre vie à deux. Il est vrai que j'avais perdu mon boulot et que ma santé en avait pris un coup. Elle n'a pas supporté. Du moins, c'est ce que je crois. Je suis donc parti malgré moi. À peine un mois plus tard, j'ai appris qu'elle avait rencontré quelqu'un et qu'il se retrouvait souvent à la maison. Ça m'a tué. Mes enfants ne voulaient plus me voir préférant son copain qui a de l'argent et qui peut leur payer tout ce qu'ils veulent. J'étais seul, tellement seul. Je n'avais plus aucune raison de continuer cette vie qui m'avait tout repris. Et tu es arrivée, comme un rayon de soleil, comme un ange que l'on attend plus.

Je vis ses yeux s'emplir de larmes. Elle ne fit que resserrer sa main qui était toujours dans la mienne et appuyée contre ma poitrine.

— Je voulais te dire merci, Sarah, merci pour tout cela. Tu es un ange dans ma vie. Je veux te protéger et s'il m'arrivait de, de…

Elle posa son autre main sur ma bouche, comme si elle devinait ce que j'allais dire.

— Chut! Nous sommes ensemble aujourd'hui et c'est tout ce qui compte. De te voir si heureux, c'est ce qui me rend heureuse.

Je me contentai de la regarder et d'admirer le paysage qui se dessinait derrière elle. De mon point de vue, j'avais l'impression qu'elle était dans le ciel parmi les nuages.

— J'aimerais pour toujours être à tes côtés, ma belle Sarah.

Elle se retourna, admira le paysage, leva la tête vers le ciel tout en s'appuyant contre moi.

— On ne connaît pas l'avenir, se contenta-t-elle de répondre en appuyant sa tête contre ma nuque.

Chapitre 27

— Pssssstttttt ! Psssssstttt ! Sarah ! Sarah ? Tu es là ?

Elle s'étira dans son lit, croyant qu'elle rêvait.

— Saraaaaaahhhhhhh ! entendit-elle.

Cette fois-ci elle était bien réveillée et quelqu'un près de la porte l'appelait. Elle enfila sa robe de chambre en frissonnant et marcha en sautillant sur la céramique froide.

— Toc toc toc, Sarah, tu es là ?

Elle regarda dans l'œil magique et ouvrit les yeux plus grands lorsqu'elle l'aperçu. Elle retira la chaîne de sécurité et déverrouilla la porte qu'elle ouvrit rapidement.

— Que fais-tu ici ? dit-elle d'un ton sec.

— Je peux entrer ?

— Tu peux m'expliquer ce que tu as fait ?

— Laisse-moi entrer, Sarah, s'il te plaît.

Elle ouvrit la porte et recula pour le laisser entrer. Il se dirigea vers le salon sans enlever son manteau. Il grelottait. Il s'assit sur le divan. Sarah le rejoignit et s'assit sur l'autre divan.

— Je vais tout t'expliquer. Tu as du thé ?

— Pas avant que tu m'aies expliqué ce qui s'est passé, Max !

Il baissa les yeux et frotta ses mains gelées l'une contre l'autre. Il les mit sous ses cuisses tel un gamin et garda les yeux fixés au sol.

— Je m'excuse, Sarah.

— C'est trop facile. Tu vas enfin me dire ce que tu as fait et pourquoi ?

Il était nerveux. Il bougeait les genoux de l'extérieur

vers l'intérieur sans arrêt. Sa tête resta penchée, le regard fixé vers le sol.

— J'ai fait une bêtise.

Sarah se retint pour ne pas hurler sa colère. Il bougeait sans cesse et parlait à peine.

— Je m'excuse.

— OK, Max, tes excuses, je n'en ai rien à cirer. Tu vas me dire tout de suite ce qui t'est passé par la tête pour faire une telle connerie.

Il ne la regardait toujours pas, lui qui avait l'habitude de la scruter de la tête aux pieds chaque fois qu'ils se rencontraient.

— Tu me dis tout immédiatement ou j'appelle la police, qu'elle vienne te chercher, lança-t-elle sèchement.

— La police est au courant?

— Bien sûr! C'est la banque qui m'a alertée de ta bêtise et l'enquête s'est poursuivie avec le service de police.

— Merde.

Il se leva et fit les cent pas. Il réfléchissait sans porter la moindre attention à Sarah. Il semblait ailleurs, dans son monde. Sarah se leva et prit le téléphone. Il bondit sur elle et reposa le récepteur à sa place. Elle eut un frisson. Était-ce la peur ou la surprise de connaître la raison des agissements étranges de celui qu'elle considérait comme son ami?

— OK, je t'explique. J'avais besoin d'argent.

Il la regarda et se tut.

— Et? dit-elle, au bord de la crise.

— J'ai pensé que tu pouvais me l'avancer, mais je vais te le remettre, crois-moi.

— Que je te croie? Tu veux rire de moi? Pourquoi avoir agi de la sorte, avec Debbie comme complice?

— Debbie n'a rien à voir là-dedans.

— Arrête, Max! Ça suffit!

Il pencha la tête comme s'il cherchait quelque chose d'autre à lui dire.

— Elle ne sait rien.

— C'est pour cela que c'est elle qui s'est fait passer pour moi à la banque? Et c'est pour cela qu'elle t'a donné l'argent alors que tu attendais près du comptoir avec ta casquette et ton t-shirt sur lequel est inscrit « I love women but I prefer soccer? »

Elle marcha en direction de l'appareil téléphonique mais Max se plaça devant elle.

— Je regrette, Sarah. Je te jure que j'étais vraiment dans le pétrin et c'était la seule solution.

— Ah oui? Alors dis-moi pourquoi tu as trahi notre amitié? Pourquoi ne m'as-tu pas demandé de t'avancer l'argent comme les amis le font? Pourquoi...

Il l'interrompit.

— Chutttttttt. Arrête, Sarah! Ce n'est pas de ma faute.

Cette fois-ci elle en avait assez. Elle le poussa afin de pouvoir prendre le récepteur et composer le 911. Il la retint en la serrant fermement la tenant par en arrière.

— Lâche-moi, Max. Tu me fais mal.

— Ne fais pas cela, Sarah, je t'en prie.

— Lâche-moi tout de suite, dit-elle, tentant de toutes ses forces de se dégager.

Malgré sa petite stature, il était fort.

— Je te lâche si tu me promets de ne pas appeler la police.

Elle tenta de le mordre. Il la serra encore plus fort, lui coupant le souffle.

— Arrête! J'étouffe.

Il la lâcha enfin. Elle tomba par terre, le souffle court.

— Je vais tout te remettre, je te le promets. Maintenant, si tu veux appeler la police, libre à toi. J'irai croupir en prison pour quelques années alors ça ne fera que retarder ton paiement, dit-il d'un ton sarcastique.

Elle resta assise par terre, abasourdie de la tournure des événements.

— Va-t'en, Max!

Il marcha rapidement jusqu'à la porte.

— Merci, dit-il avant de claquer la porte et de sortir.

Chapitre 28

Elle s'étira à nouveau, lentement, tel un chat. Son réveil indiquait dix heures. Elle ouvrit les yeux et fixa le mur, puis le plafond.

« Bonjour, ma belle ! Comment vas-tu ce matin ? Après cette nuit interrompue par ce Max qui se dit ton ami, comment te sens-tu ? »

Elle resta longtemps étendue, le regard dans le vide. Elle n'avait aucune raison de se presser. Ce n'était qu'un jour de semaine, un mardi. Sans travail, avec l'interdiction de quitter la ville encore pour quarante-huit heures, elle n'avait rien de planifié.

« Que vais-je faire ? L'inspectrice Glasco m'a bien dit de l'appeler si j'avais des informations à lui donner. Max est bel et bien venu me voir », dit-elle à voix basse, comme lorsque nous discutions ensemble au lit.

Elle regarda son bras droit qui portait une ecchymose, signe que Max était bien passé et qu'elle n'avait pas rêvé.

« Appelle, Sarah ! Appelle l'enquêtrice et dis-lui tout. »

« À cette heure-ci, Max doit être loin. Si j'appelle Glasco, elle me posera des questions pendant des heures. Que faire ? », songea-t-elle.

Elle se leva lentement et se dirigea vers la douche.

« *Sarah ! Je t'en prie, appelle l'agent Glasco. Pour ton bien, tu dois l'appeler.* »

« Wise men say, only fools rush in, but I can't help falling in love with you... », chanta-t-elle sous la douche.

Je la regardai comme si cela faisait une éternité que je ne l'avais pas vue. À mes yeux, elle était encore si belle. L'eau ruisselait sur son corps. Ses cheveux étaient couverts de mousse et elle chantait tout en gardant les yeux bien fermés afin d'éviter que le savon entre dans ses yeux. Comment pouvait-elle chanter alors qu'elle venait d'être trahie par un gars qui se dit son ami ? J'aimais sa candeur, sa belle innocence. Elle pouvait chanter alors que d'autres auraient crié. Le soleil entrait par la fenêtre et faisait un rayon de lumière sur le mur de la douche. Un rayon de soleil brillait sur son visage mouillé et ses lèvres entrouvertes.

« *Ma belle princesse, je ne me lasserai jamais de te regarder. J'aimerais tant caresser ton corps une autre fois, comme nous avions l'habitude de le faire presque chaque matin.* »

« Banggggggggg ! »
Sarah se figea sous la douche. La maison bougea comme si on l'avait secouée avec aisance.
« Mais qu'est-ce que c'est encore ? », dit-elle, plus en colère qu'effrayée.
Elle se dépêcha de rincer ses cheveux gorgés de mousse et de sortir de la douche. Elle ne s'essuya pas, se contentant seulement de s'entourer d'un drap de bain de qualité. Elle marcha jusqu'à la fenêtre du salon, laissant sur le plancher des traces d'eau à chaque pas. Elle ne vit rien d'anormal jusqu'à ce qu'elle se rapproche un peu plus de la fenêtre afin de mieux voir en bas.
« Ouille ! », s'exclama-t-elle en voyant un camion dont la cabine était enfoncée jusqu'au moteur.
Le bruit des sirènes se fit entendre. À peine une minute plus tard, une voiture de police arriva. Elle reconnut l'un des deux agents, l'enquêtrice Glasco. Elle recula comme si elle craignait qu'elle la voie. Elle retourna à la

salle de bain, termina sa toilette, prit le temps de se maquiller et de se coiffer. Elle avait à peine eu le temps de s'habiller lorsqu'on sonna à la porte.

— Oui ? dit-elle tout en regardant par l'œil magique.

— On peut vous poser des questions, madame ? dit l'un des deux agents.

— À quel sujet ? demanda Sarah.

— De l'accident.

Elle ouvrit la porte et reconnut aussitôt l'enquêtrice.

— Bonjour, Sarah, lui dit-elle.

— Bonjour, agent Glasco. En quoi puis-je vous être utile ?

— Vous avez vu Max, hier, Sarah ?

Elle ne s'attendait pas du tout à se faire poser une telle question. Je le sus lorsque je la vis se retourner immédiatement. Déboussolée, elle tenta tant bien que mal de masquer son malaise en se dirigeant vers la fenêtre qu'elle ouvrit machinalement.

— Non, mentit-elle.

L'enquêtrice s'approcha d'elle et la dévisagea comme si elle savait très bien qu'elle mentait.

— Que faisiez-vous, hier, à une heure du matin ?

— Je dormais !

— Les lumières allumées ?

— Vous m'espionnez maintenant ?

— Vous aviez des problèmes avec votre téléphone, Sarah ?

Elle se retourna à nouveau. Elle n'avait pas l'habitude de mentir et elle le faisait très mal.

— Vous auriez tenté d'utiliser le service 911 ?

Sarah se détendit un peu, je le remarquai à ses épaules qui s'abaissèrent.

— Non. Peut-être par mégarde.

L'enquêtrice la regarda avec sévérité.

— Vous connaissez Martin Robinson ?

Sarah marcha vers la salle de bain.

— Sarah ! Je vous ai posé une question, dit l'agent Glasco.

— Je ne savais pas que vous vous adressiez à moi. Martin qui ?

— Robinson.

— Non, connais pas. Pourquoi ?

— C'est le conducteur du camion. Il est décédé.

Sarah se sentit faiblir. C'en était trop. Elle revint vers le salon et s'assit sur le divan.

— À première vue, ce ne serait pas l'accident qui est la cause de son décès. Il était déjà mort avant l'impact, dit l'agent qui accompagnait l'enquêtrice Glasco.

Sarah les regardait, le regard éteint, le visage défait.

— Il est probablement mort d'un arrêt cardiaque, raison pour laquelle le camion s'est écrasé contre la maison, ajouta l'enquêtrice.

« Drinnnnnngggggg ! »

Sarah regarda sans réagir le téléphone juste à ses côtés sur la table à café.

« Dringgggggggggg ! »

— Vous voulez que je réponde ? demanda l'autre agent.

Elle ne s'en préoccupa guère et décrocha.

— Allo !

— Sarah ?

— Oui.

— Ça n'a pas l'air d'aller.

— Qui parle ?

— Ça ne va vraiment pas, toi ! Tu ne reconnais plus tes amies ?

— Ça va, Lina ? demanda Sarah.

— Sûrement mieux que toi ! Tu viens dîner ?

— Une autre fois.

— Allez, viens ! Je passe te chercher.

— Pas maintenant. Deux policiers sont ici et un camionneur vient de frapper la maison.

— Qu'est-ce que tu racontes ? demanda Lina, qui ne comprenait pas.

— Ce serait trop long de t'expliquer.

— J'arrive, dit-elle en raccrochant.

Au son du déclic, Sarah déposa le combiné et posa ses coudes sur ses genoux. Elle s'enfouit le visage entre les mains.

« Courage, ma belle. Ce n'est pas facile mais tu es forte, tu l'as toujours été. Essaie de ne pas trop t'en faire.

La vie est ainsi faite, parfois elle nous comble et d'autres fois elle nous accable ; c'est ce qui fait qu'elle vaut la peine d'être vécue même si certains événements sont bons et d'autres si mauvais. »

— Vous m'appelez si vous avez d'autres informations concernant notre affaire ? dit l'agent Glasco.

Sarah fit signe que oui. À son grand étonnement, les deux agents quittèrent sans lui poser d'autres questions. La porte se refermait à peine qu'elle s'ouvrit aussitôt.

— Quelle tête tu as ? dit Lina en entrant.

— Salut ! dit-elle, exténuée.

— Allez viens, je t'invite, dit Lina, pleine d'énergie.

Sarah se leva sans rien dire et prit son sac à main.

— J'ai téléphoné à ton bureau. Tu veux m'expliquer ce qui se passe ? demanda Lina tout en marchant devant Sarah.

— Je t'expliquerai au restaurant, répondit-elle en verrouillant la porte.

Chapitre 29

— C'est vraiment moche que tu aies perdu ton travail à cause de ce notaire, dit Lina, qui ignorait toujours les détails de l'héritage.

      — Et en plus, cet accident ce matin avec le camionneur qui serait décédé en conduisant ! ajouta Sarah.

      — Que veux-tu dire ? continua Lina, étonnée d'une telle nouvelle.

      — Il serait mort avant l'impact ! C'est ce qui aurait causé l'accident.

      — Je ne te suis pas là, dit Lina en fronçant les sourcils.

      — Le mec est mort avant de frapper la maison. Un infarctus ! C'est à croire que la malchance tourne autour de moi !

      — Voyons, Sarah, c'est une coïncidence.

      — D'abord la mort de Gabriel, son testament, Max qui me fraude et ce camionneur, Martin, qui meurt rendu vis-à-vis chez moi !

      — Attends ! Que dis-tu, Martin ? Le camionneur s'appelait Martin ? demanda Lina, surprise.

      — Oui ! Martin ! Pourquoi ?

      — Tu sais son nom de famille, par hasard ? demanda Lina, qui se crispa.

      — Robert, Roby…

      — Robinson ? coupa Lina.

      — C'est ça !

      Elle blêmit. Sa fourchette tomba et tinta en frappant l'assiette. Son regard devint fixe alors que ses yeux s'emplirent de larmes.

— Qu'y a-t-il ? demanda Sarah.

Elle ne répondit pas. Elle était figée comme si elle était dans la glace. Quelques secondes s'écoulèrent lorsqu'enfin elle pencha la tête et se mit à pleurer à chaudes larmes.

— Lina ! Qu'est-ce qu'il y a ? Tu le connais ?

— Bien sûr ! Tout comme toi tu le connais !

— Quoi ? Je ne connais pas de Martin Robinson !

— Tu te souviens le soir où tu as rencontré Gabriel ?

Sarah hocha la tête de façon affirmative.

— Le Martin assis à tes côtés à la table. Tu te souviens ?

Sarah pencha la tête. À son regard vague, je la voyais fouiller dans sa mémoire. Il est certain qu'elle se souvenait très bien de la première soirée où nous nous étions rencontrés.

— Martin ? Celui avec qui j'ai discuté pendant le souper, même si j'avais régulièrement le regard en direction de Gabriel qui était assis près de toi ?

Lina fit signe que oui. Sarah posa ses coudes sur la table et s'appuya le front contre ses mains.

— C'en est vraiment trop, lança-t-elle simplement, comme si elle abandonnait une lutte.

— Tu viens ? dit Lina en se levant.

Sarah la regarda l'air étonné.

— Où veux-tu aller ?

— N'importe où, où on peut respirer, répondit Lina en déposant quelques billets sur la table afin de régler l'addition.

Chapitre 30

— Ici, ça te va ? demanda Lina en garant sa voiture dans le stationnement payant.

Sarah lui répondit en levant la main, le regard dans le vide tel un zombie. Elles débarquèrent en claquant les portes en même temps.

— Le grand air nous fera du bien, ajouta Lina en ajustant son foulard.

— Tu ne penses pas que c'est un peu froid sur le bord de l'eau à la fin novembre ?

— Ça nous rafraîchira l'esprit.

— Plutôt nous engourdira l'esprit, dit Sarah en grelottant.

Elles sourirent. J'aimais voir leur complicité, tant dans leurs attitudes que dans leurs sentiments. Elles étaient de bonnes amies depuis maintenant plus d'une dizaine d'années et même si elles ne se côtoyaient pas régulièrement, elles étaient très près l'une de l'autre. Le vent frais soufflait doucement. Le soleil brillait, réchauffant discrètement l'air de plus en plus froid. Elles marchaient toutes les deux côte à côte, regardant à leur droite le fleuve d'un bleu acier contrastant avec le ciel bleu poudre. Les mains dans leurs poches, elles avaient le cou rentré dans leurs épaules et marchaient du même pas, tels des soldats. Même dans le silence, l'on pouvait sentir leur complicité.

— Gabriel me manque terriblement.

— C'est normal. C'est trop récent. Tu verras, tu sentiras que ça ira mieux dans quelques mois, dit Lina, lui touchant amicalement l'épaule.

— Je me demande si un jour je pourrai sourire à

nouveau, être totalement heureuse comme je l'étais lorsqu'il était dans ma vie.

— Tu verras, avec le temps, les sentiments changent et ceux des coups durs s'adoucissent. Et un beau jour, tu verras, quelqu'un viendra et se fera une place dans ta vie, comme ce le fut avec Gabriel.

— Je ne sais pas, Lina. Tu sais, Gabriel et moi étions si heureux, si complices. Depuis notre séparation, même avant son décès, et jamais par la suite, je n'ai connu un aussi grand bonheur, ni un tel bien-être. C'est comme s'il était parti avec quelque chose qui fait que je ne suis plus la même personne. Sans lui, c'est comme si on m'avait enlevé la chaleur des rayons du soleil. Je peux toujours les voir mais je n'en ressens plus leur chaleur. Tu comprends ?

— Je n'en suis pas certaine.

Sarah se contenta de sourire sagement, sans plus.

« Si tu savais combien j'aimerais que tu retrouves ce bonheur dont tu parles, cet état d'être que tu dégageais en permanence. Tu rayonnais, ma belle Sarah, c'était toi mon rayon de soleil. Cette belle énergie que tu avais, cette chaleur que tu transmettais, c'est toi qui la produisais, non pas moi. Je n'étais que le reflet de ton bien-être et tu le dégageais tellement que tu m'en inondais. Ne laisse pas cette énergie qui est tienne mourir avec mon départ. Tu es magnifique, mon ange, et tu te dois de continuer d'être ce rayon de bonheur que tu es et que tu offres aux gens qui te côtoient. »

— Je crois que Gabriel aurait préféré te voir sourire, ajouta Lina tout en marchant près de Sarah.

— Plus facile à dire qu'à faire. Je m'en veux tellement de ne pas l'avoir écouté la dernière fois où nous nous sommes revus à notre petit café. Tout aurait pu être si différent si je n'avais pas eu peur de cet amour qui m'effrayait, tellement il m'émerveillait. Ce que j'ai pu être stupide.

— Sarah, je t'interdis de dire que tu es stupide. Tu as fait ce que tu croyais être le mieux pour toi. C'était ta façon à toi de te protéger de quelque chose que tu ne comprenais pas.

— Mais je l'aimais ! J'étais pourtant heureuse avec lui, dit Sarah, arrêtant de marcher.

— Et tu avais peur ; peur qu'il retourne avec sa femme de laquelle il n'était pas encore divorcé, peur de ses enfants que tu ne connaissais pas, peur de son amour intense, mais fragile à la fois.

« Elle a raison, Sarah. Tu avais si peur mais j'ai toujours trouvé que tu étais courageuse. Malgré tes peurs, tu as au départ accepté de poursuivre et de débuter une relation amoureuse, sachant que je n'étais à ce moment plus que l'ombre de moi-même. Quelque chose te poussait à venir vers moi et c'était réciproque. Tu te souviens, ma douce princesse, combien tous les deux nous étions étonnés d'être poussés l'un vers l'autre avec une telle intensité ? »

— C'est vrai. Et pourtant quelque chose de plus fort nous poussait l'un vers l'autre, répliqua Sarah.

« C'est ça, mon ange ! »

— Tu vois, malgré les peurs, vous avez vécu une histoire magnifique...

— Qui se termina bien avant qu'elle ne puisse se développer. Nous n'en étions qu'au début, qu'à l'introduction, dit Sarah, les yeux larmoyants.

— Six mois, c'est plus qu'un début, non ?

— Comparé à une vie, ce n'est que la première phrase d'un roman de quatre cents pages.

— Ou le premier poil du corps musclé d'un babouin ! lança Lina.

Sarah la regarda, étonnée. Elles pouffèrent de rire ensemble. Elles ne pouvaient se retenir, tellement l'image des poils sur le corps du babouin était forte.

— Un babouin ? répéta Sarah entre deux rires.

— Tu sais, les immenses singes noirs ? Les plus gros ?! T'imagines le nombre de poils qu'ils peuvent avoir sur le corps ?

— Ha ha ha ha ha ! continua Sarah, qui avait peine à reprendre son souffle.

— C'est moins romantique que de dire quelque chose du genre : « comme les grains de sable près de l'océan ». Ah ! Lina ! Tu as le don de me faire rire, toi et tes comparaisons de fou !

Lina riait aux éclats également. Deux passants renfrognés dans leurs manteaux les regardèrent l'air fermé. Sarah riait encore plus. Lina imita un babouin lorsqu'ils furent passés. Sarah rit encore plus fort. Les deux hommes se retournèrent, apercevant Lina les bras relevés de chaque côté de son corps, imitant un singe. Elle se redressa aussitôt. Sarah n'en pouvait plus.

— J'ai mal au ventre. Arrête !

— Arrête quoi ? questionna Lina, prenant un air innocent.

— Tu es folle.

— Pas du tout ! Ce sont eux ! Regarde-les ! Ils marchent comme des pingouins. Heyyy les gars ! Nous ne sommes pas en Alaska, leur lança-t-elle, se référant à leur démarche.

« Que j'aime te voir rire comme ça. Ça me rappelle nos fous rires. »

— Lina !

— Quoi ?

— Arrête, dit Sarah, la voyant marcher comme un pingouin.

— Ben quoi ? Il fait froid non ? On peut faire les « pingouines » nous aussi !

— Tu as froid ? demanda Sarah.

— Pas du tout ! Et toi ?

— On va jusqu'au pont, aller-retour ?

— Sans problème, ma chère ! répondit Lina en accélérant le pas.

Je les regardai marcher tout ce temps. Elles riaient, discutaient, se regardaient peu. Elles marchaient ensemble comme deux sœurs, deux grandes amies. Je ne me lassais pas de les observer. Malgré la peine de Sarah, Lina était là pour elle. Elle n'avait pas toujours le mot juste mais elles se portaient toutes les deux un grand respect, ce qui faisait que malgré leurs différences, leurs caractères et leurs opinions parfois très opposées, elles avaient développé mutuellement une belle amitié. Elles avaient découvert le secret d'une si belle amitié, celui d'écouter l'autre et de

l'accepter telle qu'elle est. J'aurais aimé partager ce genre
d'amitié lorsque j'étais avec mes amis. Cependant, l'amitié
entre hommes est bien différente, quoiqu'il y ait certains
changements depuis quelques années.

— Quelle heure est-il ? demanda Lina.
— Près de seize heures.
— Cela fait déjà près de deux heures que nous
marchons ?
— Eh oui ! Ça fait du bien ! Je me sens un peu mieux,
dit Sarah.
— Tu me prêtes ton téléphone ?
Sarah fouilla dans sa poche de manteau et lui tendit
l'appareil. Lina le prit, composa un numéro et s'immobi-
lisa.
— Tu ne peux faire deux choses à la fois ? la taquina
Sarah.
Lina la regarda en lui faisant un air. Elle composa
plusieurs numéros et finit par raccrocher.
— On rentre ? suggéra Lina.
— Déjà ?
— J'ai un message, je vais souper avec un copain.
— Un rendez-vous galant ? lui demanda Sarah.
— Si on veut !
— Je le connais ? demanda Sarah, curieuse
— Pas encore !
— Hum ! Intéressant ! Il a des enfants ?
— Aucun enfant, pas marié, un bon travail, les yeux
et les cheveux foncés. Bref, il a tout pour me plaire.
— Quand l'as-tu rencontré ?
— C'est notre premier rendez-vous ce soir, dit Lina,
visiblement heureuse.
— Félicitations !
— Oh ! là ! Merci, mais attendons un peu avant de
sauter aux conclusions ! Nous verrons bien si la chimie
opère !
— Il a une jolie voix ? demanda Sarah.
— Comment tu le sais ? répondit Lina, l'air intrigué.
— C'est une question que je te posais ! Je présume
que tu lui as déjà parlé, non ?
— Pas vraiment !

— Quoi ? Tu ne lui as pas parlé ? Et tu vas le rencontrer ? Comment peux-tu accepter un rendez-vous avec un homme avec qui tu n'as pas discuté ? dit Sarah, qui commença à s'inquiéter pour son amie.

— C'est le frère d'une collègue de travail ! Une référence, c'est différent, non ?

— Il a un prénom ce frère d'une collègue ? dit Sarah, taquineuse.

— Angelo.

— Un ange en plus !

— J'ose espérer qu'il m'emmènera au paradis, répliqua Lina en riant.

— Pourquoi pas au septième ciel ?

— Le paradis c'est encore plus beau.

— Mais que connais-tu du paradis, Lina ?

— L'odeur, la douceur des… poils de babouins.

Elles éclatèrent de rire à nouveau tout en remontant dans la voiture. Elles ne remarquèrent pas les deux personnes qui les observaient d'une voiture garée de l'autre côté de la rue.

Chapitre 31

« A llo, ma belle. Tu es là ? Non ? Rappelle-moi quand tu auras mon message. Je t'embrasse. Bip. Allo, mon ange. Je serai en retard de quelques minutes, j'ai dû passer par le paradis pour te cueillir de jolies fleurs. Je descends de mon nuage et te rejoins. Je t'aime. Bip. Allo, Sarah, ma belle sirène ! Tu es sûrement sous la douche. Tu veux aller nager ? J'ai pensé aller pique-niquer près du lac. Nous pourrions ensuite nous baigner et prendre un peu de soleil. Ça te dit ? Rappelle-moi. C'est... tu as deviné ? Tu te souviens de l'homme qui passe autant ses doigts que son nez dans tes cheveux brillants ? Si tu me reconnais, alors accepte mon invitation. Rappelle-moi, mon bel amour. Je t'aime. »

« Sarah ! Pourquoi réécoutes-tu sans cesse ces messages ? J'ignorais que tu les avais enregistrés sur une cassette. Dieu du ciel, tu as presque tout gardé ? Il y en a encore beaucoup comme cela ? »

« Chérie ! Chérie ? Chééééériiiiiiiiiieeeeeeeeeee. Où es-tu ? Je suis là ! Juste là ! Tout près, dans la machine ! Réponds-moi ! Saraaaaaaaahhhhhhhhhhh ! Bon ! Tu m'as abandonné, laissé tomber comme une vieille chaussette. Pourtant je suis propre, je sens toujours bon, n'ai pas de trous. Si tu as froid aux pieds, rappelle-moi, j'accours te réchauffer ! Rappelle-moi, ma chérie, quand tu rentreras. Je t'aime. »

« Pourquoi te faire du mal en réécoutant cela, ma belle ? Encore une fois impuissant devant tes larmes,

j'aimerais tant te faire savoir que je suis si près, que ce ne sont que des souvenirs, comme des photos, que tu pourras réentendre un jour en souriant tendrement sans ressentir cette tristesse qui t'assaille encore maintenant. Le temps n'a pas encore assez passé et ces souvenirs semblent être plus dévastateurs que réconfortants. »

« Moi aussi je t'aime », répondit-elle en écoutant le dernier message de la cassette qui dura plus de trente minutes.

Je la vis peser sur le bouton pour faire rembobiner la cassette.

« Allo, ma belle. Tu es là ? Non ? Rappelle-moi quand tu auras mon message. Je t'embrasse. Bip. Allo, mon ange... »

« Combien de fois écouteras-tu encore ces messages ? Tu dois sortir, Sarah. Sors de là et change-toi les idées. Tu ne feras que pleurer encore et encore à réécouter ces messages. Ne perds pas ce temps précieux qui t'est si généreusement donné. Sors, ma chérie, sors voir les gens aux alentours, sors sentir la vie qui grouille, qui continue. Rien ne sert de rester ici à t'accrocher à des souvenirs qui ne resteront que des souvenirs. »

« Noooooonnnnnnnnnnn ! », cria-t-elle, voyant le ruban de la cassette se froisser et s'enrouler tant qu'il se coinça dans la machine.

Je la vis prendre la cassette avec précaution. Elle tira doucement sur le ruban froissé. Il était bien coincé. Elle tenta doucement de tirer de gauche à droite. Le ruban se brisa net. Elle lâcha la cassette comme si elle était en feu. Elle tomba par terre. Sarah la regarda, figée comme si elle venait d'avoir un choc. Elle réalisa ce que ce bris représentait. Avec une force diabolique elle leva la jambe et frappa avec son pied du plus fort qu'elle pouvait. Sous l'impact, la cassette se brisa en plusieurs morceaux. Elle se pencha et avec rage, elle tira la bande brune jusqu'à ce qu'elle se brise. Elle regarda l'amas brun à ses pieds et se mit à pleurer à chaudes larmes.

« Même ta voix a disparu à jamais. »

Les joues pourpres de colère démontraient la rage qu'elle ressentait face à tout cela.

« Driiiiiiinnnnnnnggggggg, driiiiiinnnnnnnnggggggggg ! »
Je la vis sursauter et consulter l'horloge qui indiquait dix-neuf heures trente.
— Allo ?
— Sarah, c'est Lina. Que fais-tu ?
— Rien de spécial. Pourquoi ?
— Tu as l'air contrarié, quelque chose ne va pas ?
— Non, non, ça va. Qu'y a-t-il ?
— Tu viens danser avec nous ? proposa Lina.
— Ce soir ?
— Non, la semaine prochaine ! blagua Lina.
— Je n'en ai pas vraiment envie.
— Allez, viens ! Tu pourras me dire ce que tu penses d'Angelo, murmura-t-elle.
— Je ne suis pas coiffée ni habillée pour sortir. J'avais prévu rester tranquille.
— Allez, je passe te chercher vers vingt-deux heures ! Ça te donne amplement le temps de te préparer pour faire la rencontre du prince charmant.
— Ha, ha, ha ! s'exclama Sarah, feignant de rire.
— Je sais que tu n'avais rien de prévu alors magne-toi les fesses et fais-toi belle.
— Tu viendras me chercher à quelle heure ?
— Vingt et une heures pour prendre l'apéro chez toi avec Angelo ?
— Nah ! Vingt-deux heures sera parfait. Pas une minute avant.
— Alors je resterai dans la voiture pendant une heure devant chez toi à regarder Angelo dans les yeux ! blagua Lina.

Chapitre 32

— Sarah, je te présente Angelo. Angelo, voici ma grande amie Sarah !

— Bonsoir, dit simplement Sarah en lui tendant la main.

— Vous êtes très jolie, lui dit Angelo.

Elle se contenta de sourire alors que Lina lui tapa un clin d'œil en guise d'approbation.

— Nous y allons ? proposa Sarah, se rapprochant de la voiture garée devant chez elle.

— Monte avec nous, dit Lina.

Sarah ouvrit la porte arrière alors que Lina et Angelo s'assirent à l'avant.

— Qu'il fait froid ce soir, dit Sarah, qui portait une jupe courte sous son manteau mi-saison.

— C'est l'hiver qui approche, dit Angelo.

J'aimais la voir porter des jupes, surtout celles qui lui montaient au-dessus des genoux, laissant découvrir ses jambes fines et légèrement musclées.

« Cette petite jupe brune en suède te va à merveille, ma princesse ! Tu es magnifique avec tes cheveux brillant sous la lumière des lampadaires et tes ongles parfaitement manucurés. Même d'ici, je peux presque humer l'odeur de ton parfum, l'odeur de tes cheveux fraîchement lavés et coiffés. Tes mains délicates posées sur tes cuisses mettent en valeur tes doigts effilés et tes ongles couleur naturelle. Que j'aime ta féminité, mon ange ! »

— Nous allons à notre endroit habituel ? demanda Lina.

— Quoi ? Nous avons un endroit habituel ? Ça fait plus de six mois que je ne suis pas sortie pour aller danser ! répliqua Sarah.

— Bah ! Tu sais de quel endroit je parle, répliqua Lina.

Sarah se contenta de la regarder en grimaçant.

— Tourne à gauche, dit Lina en s'adressant à Angelo.

— Nous allons au Katsies ? demanda-t-il.

— Tu as tout compris, répliqua Lina.

— Ici à droite ? demanda Angelo.

— Oui, et ensuite tout droit.

— D'accord ! dit-il, conduisant lentement et regardant par moments Sarah par le rétroviseur.

— Il y a une place ici ! dit Sarah en pointant le doigt vers la droite.

— Et voilà ! dit-il en immobilisant la voiture.

Ils débarquèrent tous les trois, regardant tout autour.

— Qu'il fait noir ici ! s'exclama Lina tout en se rapprochant d'Angelo.

Sarah marchait près de Lina. Son regard se tourna instinctivement vers une voiture rouge. Elle remarqua que deux personnes étaient à l'intérieur mais elle ne pouvait distinguer si c'était des hommes, des femmes ou un homme et une femme. Les deux personnes penchèrent la tête lorsqu'ils virent Sarah regarder dans leur direction.

« Sois prudente, ma belle. On ne sait jamais à qui l'on a affaire. »

Elle retira son manteau sans que personne ne l'aide. J'aimais tant faire cela pour elle ; poser de petits gestes galants à son égard. Elle ne manquait aucune occasion de me remercier chaque fois. Elle sortit de la monnaie et paya elle-même le vestiaire pour son manteau alors qu'Angelo s'empressa de payer pour celui de Lina.

— Merci, dit Lina.

Sarah mit le coupon dans sa bourse et ajusta sa jupe en passant devant le miroir fumé.

— Je vais à la toilette, dit Lina en accrochant Sarah par le bras, ne lui laissant pas l'occasion de refuser.

Elles se dirigèrent vers les toilettes, laissant Angelo seul.

— Alors? dit Lina, aussitôt arrivée dans la salle des dames.

— Alors quoi? dit Sarah, feignant ne pas comprendre de quoi Lina voulait parler.

— Allez, dis-moi! Que penses-tu d'Angelo, demanda Lina, surexcitée.

— Il a l'air charmant.

— C'est tout? lui demanda Lina, étonnée de sa courte réponse.

— C'est qu'il n'a prononcé qu'environ deux phrases pendant le trajet alors difficile de se faire une opinion.

— Tu peux au moins me dire si tu le trouves intéressant?

— Sans plus! dit Sarah, sans enthousiasme.

— Qu'est-ce que tu as? Habituellement, je dois t'arrêter tellement tu es généreuse de commentaires lorsqu'un nouveau gars entre dans ma vie!

— J'ai pas le cœur à la fête, Lina. Je suis ici beaucoup plus pour te faire plaisir que pour me changer les idées.

— C'est Gabriel encore? lança Lina.

Je vis les yeux de Sarah s'emplir de larmes instantanément. Elle baissa la tête. Le crayon contour des lèvres qu'elle tenait tomba par terre. Elle le ramassa et s'appliqua à tracer le contour de ses lèvres alors qu'une larme coulait sur sa joue.

— Zut! Je vais défaire mon maquillage!

— Sarah! Nous sommes ici pour rigoler et danser. Essaie de ne pas trop penser à Gabriel et de t'amuser. Je comprends que ce n'est pas facile mais le fait de danser et de voir des gens te fera le plus grand bien! lui dit Lina en lui touchant l'épaule puis la serrant contre elle.

— Tu as raison. Je vais faire un effort. J'aurai tout le temps de réfléchir lorsque je rentrerai chez moi.

— Ah! Je préfère cela! Allez, viens! On va s'éclater.

Elles sortirent de la salle des dames en souriant. Sarah leva les yeux. Je la vis croiser quelques regards, faire quelques sourires discrets mais sans intérêt. Elles revinrent toutes les deux vers Angelo qui regardait en direction de la piste de danse. Lina s'approcha de lui et lui donna un baiser discret sur la joue. Il sourit et mit sa main au creux du dos de Lina.

— Tu veux danser? lui demanda Angelo.

Lina fit signe que oui. Elle prit la main de Sarah et la tira afin qu'elle la suive sur la piste de danse. Sous la voix de Madonna chantant son succès *Into the Groove,* je les regardai tous les trois danser et sourire. Je ressentis soudain une certaine nostalgie, une certaine tristesse. Cette vie me manquait. Elle me manquait de plus en plus. Plus je les regardais, plus je réalisais que jamais plus je ne serais près d'elle. De là où je suis, je peux entendre sa voix, l'admirer, tenter de lui parler mais c'est comme si je regardais à travers une fenêtre. Elle est d'un côté et moi de l'autre. Malgré la sensation de proximité, nous ne faisons plus partie du même univers.

— Tu vois le mec, là-bas? dit Lina en pointant un homme à l'autre extrémité de la piste de danse.

Sarah se retourna.

— Où?

— Là-bas, vers la gauche. Le gars avec les cheveux noirs, dit Lina en la faisant pivoter en lui prenant les épaules.

Elle regarda de gauche à droite et ne remarqua personne répondant à cette description. Elle regarda avec plus d'attention en étirant la nuque et finit par voir la tête noire. Elle repéra l'homme d'une quarantaine d'années.

— Il a un visage familier. Il me semble l'avoir déjà vu quelque part, dit-elle en se retournant.

— Et tu viens de manquer son magnifique sourire, ajouta Lina tout en retournant le sourire à l'homme aux cheveux noirs.

— Ah! fit Sarah en soupirant.

— Il vient par ici! dit Lina.

— Qui?

— Le mec aux cheveux noirs!

Sarah marcha afin de sortir de la piste mais Lina l'agrippa par le bras.

— Hey! Que fais-tu?

— Je vais m'asseoir, répondit Sarah.

— Tu veux rire? Le plus beau mec de la place se dirige vers toi et tu te sauves?

— Pas intéressée !

« Je te reconnais bien, ma belle rebelle ! Tu ne te laisses pas approcher par n'importe qui. Ne fais pas cela. Regarde ailleurs. Essaie doucement de tenter de tourner ton cœur vers quelqu'un. Tu ne peux rester seule toute ta vie... »

— Sarah ! Reste ici, dit Lina d'un ton sec.

Je la vis s'arrêter mécaniquement. D'abord surprise, elle sembla réaliser ce que Lina tentait de lui faire comprendre.

— C'est pour te faire plaisir ! fit Sarah, l'air mécontent.

— C'est mieux ainsi ! Allez, dansons comme avant, fit Lina en s'approchant d'elle en se tortillant.

— Bonsoir, dit le mec aux cheveux d'ébène.

Sarah se contenta de le regarder en souriant à peine.

— Bonsoir, charmant jeune homme, répondit Lina, ce qu'Angelo ne sembla pas apprécier.

Il se mit à danser avec eux, s'approchant doucement de Sarah, lui faisant par moments de petits sourires discrets.

— Il me semble vous connaître, dit-il en s'adressant à Sarah.

— Un autre qui ne sait pas comment aborder une femme ! pensa Sarah, se contentant de continuer à danser comme si elle n'avait pas compris ce qu'il lui disait.

Lina sourit, heureuse de voir un si bel homme s'intéresser à son amie.

— Plus je vous regarde, plus j'ai l'impression de vous avoir déjà vue, dit-il en s'approchant de Sarah afin de s'assurer qu'elle avait bien compris.

— Vous vous trompez de personne, répondit-elle sèchement.

— C'est vrai qu'avec les verres fumés, c'est plus difficile de se souvenir.

Il venait de piquer sa curiosité. Elle se retourna vers lui et le dévisagea, cherchant dans sa mémoire ce visage. Elle ne parvint pas à se souvenir avoir déjà vu cet homme.

— Michael, dit-il tout en lui tendant la main.

Je la vis plisser le front, le regarder intensément, cherchant dans sa mémoire.

— Michael ! Désolée, je ne vous connais pas.

— Je vous ai vue au parc il y a quelques semaines. Je m'étais assis près de vous. Vous ne pouvez avoir oublié cette fabuleuse rencontre, n'est-ce pas ?

Sarah n'aimait pas son attitude prétentieuse. Elle le regarda à nouveau. À son air, elle semblait à peine le reconnaître, peut-être parce que le jour où elle l'avait rencontré, elle l'avait à peine regardé.

— C'est très vague, répliqua-t-elle sans façons.

— Je peux vous rafraîchir la mémoire, si vous voulez ! Je peux vous offrir un verre ?

Surprise de son audace, elle continua à danser.

— Vous voulez discuter ? Je vous offre un verre, dit-il en haussant le ton.

— Je préfère danser, dit-elle en se laissant emporter par la musique.

« Ah, ma chère Sarah ! Fidèle à toi-même ! Tu ne te laisses pas séduire facilement ! J'ai toujours aimé ta force de caractère. Pourtant, je sais combien tu peux être sensible ! Tu te protèges avec tes refus et je l'ai toujours apprécié. Tu es différente des autres femmes et c'est ce qui fait que tu es si spéciale à mes yeux. Si tu lui laissais au moins le plaisir de s'approcher, te désirer ? Tu auras tout le temps de lui parler plus tard… »

— Je vais m'asseoir ! Il fait une chaleur ! Tu viens boire quelque chose ? lui demanda Lina.

Sarah fit signe que non. Angelo suivit Lina. Elle se retrouva seule avec Michael, qui dansait près d'elle. Elle le regarda du coin de l'œil.

— Il danse bien, songea-t-elle.

Il resta là à danser près d'elle, la regardant par moments, ne posant aucun geste déplacé. Il n'essaya même pas de la toucher, même par accident.

« Quel déhanchement ! Ce que tu peux me faire craquer ! Encore et encore ! Tu te souviens de nos soirées lorsque nous dansions seuls chez toi ? Nous avions autant de plaisir que lorsque nous sortions dans les discothèques. »

— Ce qu'il fait chaud! Je prends une pause, dit Sarah, s'adressant à Michael.

Plus par politesse que par intérêt, elle lui adressa un sourire.

— Je peux vous offrir un verre maintenant? lui demanda-t-il avec un sourire magnifique.

— Margarita.

— Avec plaisir, mademoiselle! Vous avez un prénom?

Elle se retourna et se dirigea vers la table où Lina et Angelo sirotaient un cocktail fruité.

— Alors, il te plaît? lui demanda Lina.

Elle se contenta de hausser les épaules.

— Il est magnifique! Sarah, ouvre-toi les yeux! Cet homme est magnifique!

— Je l'ai déjà rencontré!

— Quoi? Tu connais cet apollon et tu ne me l'as pas présenté?

— Je ne le connais pas! Je ne l'ai vu qu'une fois!

— Et pourquoi ne pas m'en avoir parlé? dit Lina, plus qu'intéressée.

Angelo s'ennuyait. Il se leva et quitta la table.

Lina le regarda à peine.

— Tu perdras ton cavalier si tu ne lui portes pas plus d'intérêt, dit Sarah.

— Qu'est-ce que tu racontes! Il doit être aux toilettes. Allez, raconte! Comment l'as-tu rencontré?

— Sur un banc.

— Un banc? fit Lina, étonnée.

— Juste avant d'aller chez le notaire, cet automne, je suis allée me reposer au parc. C'était le jour où j'ai perdu mon emploi.

— Et?

— Et quoi? Rien! Il s'est présenté et je suis partie!

— Comment as-tu pu faire cela? dit Lina, étonnée.

— Je venais à peine d'apprendre la mort de Gabriel et toute cette histoire de testament!

— Tu as hérité?

— Je ne veux pas parler de cela ce soir, dit Sarah, alors que Michael revenait.

— Margarita pour vous, mademoiselle.

— Moi, c'est Lina, dit-elle en tendant la main à Michael.

— C'est un plaisir de vous rencontrer ! Vous connaissez le prénom de la jolie demoiselle assise à votre gauche ? tenta-t-il afin de connaître le prénom de Sarah.

— Sarah ! répondit aussitôt Lina.

Sarah la regarda d'un regard noir.

— Ne fais pas cette tête Sarah. Il est gentil, lui dit à l'oreille Lina.

— Heureux de vous revoir, Sarah, lui dit Michael.

Une ballade débuta au même moment. Michael se leva et tendit la main vers Sarah.

— Je peux vous inviter à danser ? lui proposa-t-il très poliment.

Je la vis hésiter. Aussi forte qu'elle puisse être, elle était pourtant si fragile lorsqu'il s'agissait de nouer une nouvelle relation qui pouvait la mener à quelque chose de plus sérieux. Sans lui répondre, elle se leva et lui sourit. Sa jupe bougeait au rythme de ses pas et du mouvement de son bassin. Il la laissa passer devant lui en la suivant de près. Il lui tendit sa main droite et posa sa main gauche au milieu de son dos.

— Merci de m'accorder cette danse, lui dit-il d'un ton plutôt doux.

De la voir danser avec cet homme physiquement très plaisant ne me faisait pas l'effet que j'aurais cru. Peut-être change-t-on quelque peu lorsque nous sommes de ce côté de la vie ? Pourtant, il n'y a pas si longtemps, j'aurais été bien triste. Aujourd'hui, je n'ai qu'un seul désir, la voir sourire, la voir heureuse comme lorsque je l'ai connue.

— Vous dansez bien, Michael.

— Merci, se contenta-t-il de répondre tout en lui serrant légèrement la main.

Je le vis fermer les yeux. Humait-il son parfum qui m'avait fait chavirer ? Probablement ! Le chanceux ! J'ignore, d'ici, ce que je pourrais donner pour revivre de tels moments. Elle me manque tellement. Je comprends qu'elle doive continuer sa vie et moi la mienne. Pour le moment, je me contente de la regarder continuer sa vie sans moi. Je sais pourtant qu'elle m'aime au fond de son cœur. De savoir que j'ai encore une place et que j'en aurai probablement toujours une dans son cœur met un baume sur la tristesse que je pourrais ressentir à la regarder dans les bras d'un autre.

— Vous venez souvent, ici ? osa-t-elle.
— Non, pas vraiment. Cela fait plusieurs mois que j'y suis venu la dernière fois.
— Un hasard, alors ?
— Si on veut, dit-il, mi-souriant.
— Et pour quelle raison, ce soir ? demanda-t-elle, soudain curieuse.
— Me changer les idées. Ça fait trop longtemps que je suis seul.
— Et trop longtemps, c'est combien de temps pour vous ?
— Six mois, dit-il tout en la regardant un moment dans les yeux.
— Marié ?
— Non.
Elle se tut comme si elle craignait de l'importuner.
— Vous pouvez me poser toutes les questions que vous voulez, dit-il comme s'il avait lu dans ses pensées.
Elle rougit à peine et ne dit plus rien. La chanson se termina. Il recula poliment, lui lâcha la main tout en retirant l'autre de son dos.
— Merci pour cette danse agréable.

Elle lui sourit, se retourna aussitôt et marcha en direction de leur table. C'était sa façon d'éviter d'entrer trop intimement en contact avec les gens. Malgré sa joie de vivre, sa facilité à se faire des amis, elle avait une certaine réserve face aux hommes qui s'intéressaient trop à elle.

— Je vais y aller, dit Sarah à Lina.
— Tout de suite ?
— Je suis fatiguée, dit Sarah.
— Je peux vous raccompagner, offrit Michael.
— Non, je prendrai un taxi, dit-elle.

— Allez, je vais vous reconduire. Ça me fait plaisir.

— Merci, Michael, mais je préfère le taxi.

— Inutile d'insister ! Lorsqu'elle a quelque chose dans la tête, dit Lina.

— Ça m'aurait fait plaisir, continua Michael.

Sarah s'approcha pour embrasser amicalement Lina et Angelo sur la joue. Elle hésita en s'approchant de Michael.

— Bonne fin de soirée, Michael. Merci pour la danse, lui dit-elle en lui tendant la main qu'il prit en lui faisant le baise-main.

— Attends, dit-il.

Il fouilla dans la poche intérieure de son veston.

— J'aimerais bien que nous nous revoyions. Appelez-moi quand vous le désirerez. Je vous invite à dîner, dit-il en lui tendant une carte d'affaires.

Elle l'a prit sans la regarder.

— Nous pourrions commencer par nous tutoyer ? lança-t-elle.

— Avec plaisir, Sarah ! Promets-moi que tu m'appelleras, dit-il, l'air visiblement heureux.

Elle se contenta de sourire et lui fit un signe de la main tout en s'éloignant. Elle sortit seule de la discothèque et héla un taxi qui s'arrêta immédiatement.

« *Sarah ! Sarah ! Profite de la vie, ma belle ! Elle est si courte ! Ne laisse pas les gens passer dans ta vie sans les regarder. Michael semble quelqu'un de très bien, tu sais. On ne perd rien à connaître de nouvelles personnes. On ne sait jamais quand l'amitié fera surface et qui sait, l'amour.* »

Elle était assise seule à l'arrière et je ne pouvais m'empêcher de l'admirer. Ses jambes croisées, elle posa la main droite sur sa cuisse. Peu importe où elle se trouvait, elle dégageait de façon naturelle de la classe. Le regard tourné vers la gauche, elle paraissait songeuse, les yeux dans le vide.

« Gabriel, si tu pouvais m'entendre. J'aimerais tant que tu saches que je t'aime toujours et que ce soir, encore, tu me manques terriblement. Je sais, si tu n'avais pas été dans ma vie, j'aurais été fort heureuse de rencontrer quelqu'un comme Michael. Mais ce soir, je n'ai tellement pas le cœur à cela. Tu es encore trop présent dans mes pensées, dans ma vie, dans mon cœur. »

« *Je suis si près de toi, Sarah, si tu savais. Ne t'en fais pas pour cet amour que nous partagions. Il est et sera toujours vivant quelque part au fond de nous. Continue ta route malgré les regrets. Un jour...* »

— C'est ici, dit-elle en indiquant au chauffeur de s'immobiliser devant son immeuble.

— Quinze dollars, madame.

Elle sortit l'argent de son porte-monnaie et le tendit au chauffeur.

— Gardez la monnaie, dit-elle en descendant de la voiture, son porte-monnaie à la main.

Elle ferma la porte arrière avec force et ne remarqua pas la carte d'affaires, celle de Michael, qui tomba par terre.

Chapitre 33

— Ça fait quarante-huit heures alors je peux quitter la ville, n'est-ce pas ? demanda Sarah à la détective Glasco.

— Vous avez eu des nouvelles de Max ? s'assura-t-elle.

— Aucune, mentit Sarah encore une fois.

— Vous avez un portable, si je veux vous joindre ?

— Oui, j'ai laissé le numéro à votre collègue lorsqu'il est venu le jour de l'accident du camion. Je dois vraiment partir maintenant, dit Sarah, qui voulait couper court à la conversation.

— Laissez-le ouvert. Je veux pouvoir vous joindre en tout temps.

— D'accord, dit Sarah, raccrochant aussitôt.

« Enfin la paix ! Direction, le paradis », murmura-t-elle.

Elle sortit de la maison rapidement, verrouilla la porte avant et entra dans sa voiture. Elle y inséra son disque de Sarah McLachlan et démarra.

« Ah, la liberté ! Enfin ! », chuchota-t-elle, écoutant la voix lyrique qui résonnait dans la voiture.

Le soleil plombait de tous ses rayons malgré le froid. La route asphaltée noire était en condition parfaite pour cette balade jusqu'à la maison de ses rêves.

Elle n'eut aucune difficulté à trouver l'endroit. Elle retrouva le chemin de terre rempli de trous et bordé de conifères. Comme lorsqu'elle y était venue deux jours plus tôt, les conifères cédèrent leur place aux magnifiques érables dégarnis. Tout était aussi beau, aussi magique que la première fois, à la différence qu'une légère couche de glace recouvrait maintenant le lac par endroits. Elle traversa le petit pont qui craqua sous le poids de la voiture. Je la vis sursauter mais aussi sourire à la vue de la maison en pierre rose.

«Gabriel, pourquoi m'as-tu donné un si beau cadeau? Pourquoi avoir fait cela, sachant que peut-être je refuserais de revenir un jour vers toi? Pourquoi moi? Jamais, jamais, jamais personne n'aurait fait cela pour moi» dit-elle à voix basse.

« Si tu pouvais savoir, ma belle. Tout ceci n'est rien comparé à tout l'amour que j'ai pour toi. C'est ma façon à moi de te montrer quelque peu tout ce que je peux ressentir pour toi. J'aurais aimé combler tes rêves les plus fous et les partager avec toi.»

Elle immobilisa sa voiture devant la maison et prit la clé accrochée au porte-clés rouge en forme de point d'interrogation.

«Cette fois-ci c'est vrai. Je vais découvrir le château que tu m'as offert. C'est fou! Mon cœur bat si fort à l'idée que je pourrais te retrouver derrière la porte», murmura-t-elle.

Elle attrapa son sac à main et prit soin de retirer son portable, qu'elle laissa ouvert, mais qu'elle lança sur le siège du passager.

« Bienvenue chez toi, ma belle! J'espère que tu te sentiras bien; que tu te sentiras chez toi.»

Elle inséra la clé dans la serrure. Le déclic se fit. Elle tourna la poignée et ouvrit la porte. Sa main tremblait légèrement. Elle s'immobilisa dans l'entrée. Figée, elle regardait les yeux écarquillés, vers l'avant, à gauche puis à droite en tournant seulement la tête. Elle découvrit l'escalier de bois couleur cerise qui montait jusqu'au deuxième étage. Plusieurs fenêtres correspondant à la façade de la maison couvraient presque entièrement le mur derrière elle. Elle avança vers la salle de séjour meublée de divans de cuir de couleur pourpre qui garnissaient la vaste pièce où elle se trouvait. Elle toucha les vases immenses desquels des fleurs séchées sortaient, s'harmonisant parfaitement en couleurs et en symétries. Elle regarda son reflet dans les immenses miroirs fumés couvrant une partie du mur à sa droite. En s'approchant plus près, elle vit que c'était la vitre d'un immense foyer. Poursuivant sa visite avec tellement d'émerveillement et d'intensité à découvrir chacun des détails de la maison, elle oublia de refermer la porte derrière elle. Elle s'avança lentement vers un corridor qui menait à une immense cuisine où des casseroles de toutes sortes étaient accrochées au plafond. Les électroménagers étaient impeccables, neufs. Elle continua sa visite et découvrit, derrière, le boudoir rempli de meubles de rotin blancs. Le solarium vitré donnait sur une cour arrière où une piscine et un spa semblaient perdus au milieu de cet immense terrain, qui, l'été, ressemblait à un immense jardin. Elle revint sur ses pas et emprunta l'escalier menant au deuxième étage. Elle vit les trois portes. Elle alla jusqu'au fond et poussa la première où elle découvrit la chambre des maîtres, immense. Une baignoire dans un coin ainsi qu'un lit haut comme deux garnissaient le milieu de la pièce décorée de tons d'ocre et de rouille. À voir son air ébahi, je crois que la décoration lui plaisait ainsi que les meubles imposants qui s'harmonisaient parfaitement avec l'ambiance de la pièce. Elle se dirigea ensuite vers la porte du milieu.

« Oh ! Wow ! », s'exclama-t-elle presque éblouie en ouvrant la porte et voyant le blanc immaculé de la salle de bain où la douche avait d'un côté un mur de blocs de verre givré.

Le bain tourbillon, double, semblait petit au milieu de cette pièce presque aussi grande que la chambre des maîtres.

« Que de beauté, que de luxe ! Je rêve ! », dit Sarah à voix haute comme si quelqu'un d'autre que moi pouvait l'entendre.

Elle se dirigea enfin vers la troisième et dernière porte. J'anticipais sa réaction tel un garçonnet offrant son premier cadeau. Elle se mit à pleurer lorsqu'elle vit des photos d'elle dans des cadres de différentes grandeurs. Tout en essuyant les larmes qui lui coulaient spontanément sur les joues, son attention se porta vers une photo grand format d'elle et moi, prise près du port.

« Mon amour, pourquoi es-tu mort si vite ? Pourquoi es-tu parti sans avoir même osé me montrer tout cela avant ? » Elle pleura à chaudes larmes et s'assit sur la chaise de cuir noir qui se déplaça légèrement sur ses roulettes.

« Ne pleure pas tant, Sarah. Je partage tout cela avec toi maintenant. Je comprends que tu sois triste de découvrir tout cela toute seule mais bientôt tu verras cette maison d'un autre œil et sentiras que malgré mon départ, il y a beaucoup de moi dans celle-ci. Elle est pour nous. »

Comme guidée par une force inconnue, elle roula jusqu'au bureau de travail et ouvrit le premier tiroir du bureau.

« Une paire de bas de nylon noir dans un emballage ? Mais qu'est-ce que ça fait là ? », dit-elle comme si quelqu'un pouvait lui répondre.

Elle tourna et retourna le paquet qui était plus gros qu'à l'habitude. Elle vérifia la grandeur sur l'avant du paquet. J'avais choisi la bonne taille. Elle prit le paquet, le fourra dans son sac à main et sortit de la chambre en descendant le grand escalier.

« C'est si grand, si joli, mais si vide sans toi, Gabriel. Si j'avais su… »

Elle s'interrompit et tendit l'oreille. Un bruit de pas se dirigeait vers elle. Le souffle court, elle courut se cacher dans la cuisine. Elle arrêta de respirer lorsqu'elle entendit les pas s'approcher d'elle.

— Sarah ?

Elle ne bougea pas.

— Sarah ? Tu es ici ?

Sous le coup de l'énervement, elle ne reconnut pas la voix masculine.

— Sors de ta cachette, Sarah. Je ne te veux aucun mal.

Soudain, elle reconnut la voix. C'était celle de Max.

Chapitre 34

— J'aimerais être auprès de toi tous les jours, lui dis-je en l'embrassant tendrement sur le front.

— Déjà ? Tous les jours ? Ça ne fera bientôt que six mois que nous nous fréquentons !

— Et puis ? C'est trop long, six mois, lorsque nous sommes si bien ensemble. Tu voudrais vivre avec moi, ma belle ? lui demandai-je en me collant un peu plus contre elle.

— Gabriel ! C'est trop tôt !

— Et pourquoi ?

— J'aime bien m'ennuyer de toi !

— Ah ! les femmes ! Vous êtes difficiles à comprendre !

— Je ne suis pas comme les autres, cher homme !

— Sur ce point, je te donne raison ! Tu es bien différente à mes yeux ! Mais pourquoi vivre chacun chez soi quand nous sommes presque tous les jours ensemble ?

— Pour mieux s'apprécier lorsqu'on se revoit !

— Décidément, il n'y a rien à comprendre ! Puis-je alors t'inviter à souper ce soir ?

— Chez toi ? me dit-elle en souriant.

— Au restaurant ! J'ai envie de fêter !

— Fêter ? Mais quoi donc ?

— Nos six mois de fréquentation !

— C'est seulement dans cinq jours ! répliqua-t-elle d'un air moqueur.

— Et si j'en ai envie aujourd'hui, est-ce que tu crois que c'est possible ?

— Bien sûr, mon amour ! Que j'aime te taquiner ! dit-elle en me pinçant le bout du nez.

— Je passe te chercher ce soir vers dix-neuf heures. Ça te va?

— Pourquoi? Tu pars maintenant?

— J'ai quelques courses à faire. Je reviens vers dix-sept heures, d'accord? Tu viens de gagner deux heures sans ma présence!

— Je peux t'accompagner?

— Pas question! À plus tard!

Je l'embrassai rapidement sur le front, ne lui laissant pas le temps de me poser plus de questions. Je sortis presque en courant tel un gamin à qui l'on vient de donner la permission de sortir s'acheter un jouet!

« Put put! »

Elle vint à la fenêtre me faire signe de son index de patienter une minute. Impatient dans ma voiture, je humais presque l'odeur de son parfum tellement j'étais excité à l'idée de lui offrir ce que j'avais acheté dans l'après-midi. À peine deux minutes plus tard, je la vis courir vers la voiture.

— Désolée pour le retard. J'avais de la difficulté à mettre l'une de mes boucles d'oreille.

— Tu es magnifique, ma chérie.

— Merci! Je n'avais pas le choix! Six mois, c'est une occasion spéciale, après tout, non?

— Exact.

— Où m'emmènes-tu, me demanda-t-elle tout en replaçant sa jupe sous ses cuisses.

— Surprise!

— Allez, dis-moi!

— Pas question!

Elle fit semblant de faire la moue. J'aimais son côté enfantin qu'elle prenait par moments pour tenter de me faire parler, mais c'était sans succès.

— C'est encore loin? me demanda-t-elle, feignant l'impatience.

— Une minute à peine.

— J'ai deviné, dit-elle d'un ton enthousiaste.

— Impossible.

— Cuisine szechwanaise? dit-elle d'un ton espiègle.

— Comment as-tu deviné?

— Je connais l'endroit ! répondit-elle, fière d'avoir fait l'heureuse découverte.

— Pas moyen de lui faire une surprise !

Elle me fit son plus beau sourire tout en m'embrassant sur la joue.

— Une table pour deux ? demanda la préposée à l'accueil.

— J'ai une réservation au nom de Gabriel Hart.

— Oui, monsieur Hart, veuillez me suivre s'il vous plaît.

L'odeur de ses cheveux frais lavés ainsi que de son parfum m'effleura les narines lorsqu'elle passa devant moi. Ses talons hauts mettaient en valeur la jambe fine et musclée qu'elle exposait avec discrétion. Sa jupe en tissu léger, peut-être de la soie, épousait à merveille les formes de son corps athlétique.

— Ça vous va ici ? demanda la jeune hôtesse.

— C'est parfait. Merci, lui répondis-je.

— Merci, me dit Sarah, alors que je tirais sa chaise galamment.

— C'est un plaisir, mademoiselle.

— Alors, que fêtons-nous ? demanda-t-elle aussitôt.

— Oh ! là ! Rien ne presse. D'abord, un apéro ?

— Je préférerais un verre de rouge.

— Une bonne bouteille alors ? proposai-je.

— Pourquoi pas !

— Garçon, apportez-nous un Merlot, s'il vous plaît.

— Lequel ? demanda le serveur.

— Votre meilleur ! dis-je.

— Gabriel ! Tu ne veux pas vérifier le prix ? dit-elle.

— Pas aujourd'hui !

— Afin de vous apporter le meilleur, puis-je avoir une idée du menu que vous choisirez ?

— Une combinaison de porc, poulet et bœuf, répondit Sarah.

— Parfait, je vous apporte une bonne bouteille de suite.

— Tu es certain que ce vin se marie bien avec des plats sczechwanais ? s'inquiéta-t-elle.

— Peu importe ! Nous le découvrirons !

— Ouf! La tête me tourne, dit-elle en déposant ses mains sur les miennes.

Cela faisait déjà deux bonnes heures que nous discutions et buvions.

— Alors je pourrai mieux abuser de toi? Te demander tout ce que je désire?

— Tout ce que tu désires mon cher amour. Qu'est-ce qui te ferait vraiment plaisir?

Je me levai doucement et me dirigeai de son côté. Je déplaçai la chaise qui était à côté d'elle afin de me faire une place.

— Que fais-tu? dit-elle en souriant.

Je mis ma main dans la poche intérieure de mon veston et m'approchai un peu plus d'elle.

— Tu m'as bien dit que je pouvais te demander tout ce que je veux?

— Arrête tes mystères! Oui, tout, tout, tout, répondit-elle, gênée.

— Sarah, veux-tu être mon rayon de soleil pour toujours? dis-je en posant un genou par terre et lui tendant une petite boîte en velours rouge.

Elle figea. Je lui tendis la boîte en approchant la main un peu plus. Elle leva les bras, les mains ouvertes comme si elle craignait que quelque chose sorte de la boîte. Ses yeux étaient ronds, brillants et fixaient l'objet de velours rouge au creux de ma main.

— C'est une blague? finit-elle par dire.

— Je ne blaguerais pas pour une chose aussi sérieuse, ma belle!

Elle descendit lentement les mains et prit avec délicatesse la boîte rouge. Elle l'ouvrit avec précaution tout comme sa bouche magnifique lorsqu'elle vit la bague sertie de diamants.

— Gabriel, tu es fou!

— Fou de toi, mon amour!

— Mais pourquoi cette bague?

— Déjà presque six mois! Six mois où j'ai réappris à sourire, où j'ai réappris à vivre, où j'ai redécouvert ce que pouvait être le vrai bonheur. Sarah, veux-tu être ma femme?

Elle se contenta de me regarder puis de regarder la bague, puis elle me regarda encore et reposa les yeux sur la bague. Je la pris afin de la lui passer au doigt. Elle ne fit rien sauf ouvrir les doigts afin que je puisse la glisser à son annulaire.

— Je ne sais que répondre.

— Alors, dis simplement « oui », mon ange.

Elle s'approcha et me serra très fort dans ses bras. Je sentis des larmes couler de ses yeux jusqu'à ma joue.

— Je t'aime Gabriel.

« Cette nuit-là fut très spéciale. Nous la passâmes chez elle. Le lendemain, elle me proposa d'aller à la plage. »

Chapitre 35

— Que fais-tu ici, Max ? dit-elle, sortant de sa cachette.

— Je dois te parler.

— Comment as-tu fait pour venir jusqu'ici ?

— Je t'ai suivie.

— Et pourquoi ? Que me veux-tu encore ? Tu n'en as pas eu assez en me fraudant ?

— Je ne t'ai pas fraudée, j'ai seulement voulu t'emprunter un peu d'argent.

— Bien sûr ! Et c'était la façon la plus simple que d'aller à la banque avec Debbie, n'est-ce pas ?

— Ne le prends pas comme cela, Sarah, je te remettrai le tout quand je pourrai.

— Autant dire jamais ! Que me veux-tu encore ? Je t'ai laissé une chance mais ne t'en laisserai pas une deuxième. Tu sais que je n'ai qu'un appel à faire et les policiers débarqueront ? dit-elle, la rage dans la voix.

— J'ai besoin de toi, Sarah.

— Non, Max ! Oublie-moi ! J'ai menti aux policiers pour te laisser une chance mais fous-moi la paix. Je ne veux plus te voir !

— J'ai besoin que tu m'aides une dernière fois.

— Pas question.

— J'aurais besoin de cinquante mille dollars.

— Tu es fou ? Je n'ai pas cette somme !

— Bravo Sarah ! Tu mens bien ! Je comprends que les policiers n'aient pas tenté de me suivre ou de me repérer alors que j'étais si près de toi.

— Comment peux-tu dire que je mens ? Et depuis quand es-tu si près de moi ?

— Je sais tout concernant ton héritage.

Je la vis blêmir puis rougir de colère. Elle se tenait bien droite, les poings fermés, les lèvres pincées.

« Ne te laisse pas intimider. Je sais combien tu peux être forte et fragile à la fois. Ce Max ne mérite pas ton amitié. Ne cède surtout pas à ce qu'il pourrait te faire croire. »

— Qu'insinues-tu ?

— Que je t'ai suivie depuis le jour où j'ai appris pour ton héritage, dit-il, frondeur.

— Quel héritage ?

— Arrête, Sarah ! Je sais tout.

— Tu sais quoi, Max, tu ne sais rien du tout et je te demande de partir immédiatement sinon...

— J'ai vu les documents.

Elle figea. Sa mâchoire se crispa.

— Quitte cette maison tout de suite, dit-elle presque en criant.

— Tu as hérité de cette jolie maison et d'un joli paquet de fric. Tu peux donc aider un vieil ami, non ?

Elle fit un pas, passa près de lui et courut jusqu'à la porte d'entrée.

« Cours, ma belle, cours ! Sauve-toi loin de lui. »

Elle sortit en courant. La respiration haletante, elle courut jusqu'à la voiture, ouvrit la portière et tenta de saisir le portable qu'elle avait laissé sur le siège du passager. Elle essaya de composer le 911 mais ses mains tremblaient.

« Vite Sarah ! Referme la portière ! Il arrive. »

Je le vis l'agripper par une jambe. Elle se débattit en le frappant de l'autre jambe. Il la traîna sur le dos, la retenant toujours par une jambe. Le portable dans une main, elle réussit à composer le 911.

— Au secours, à l'aide, aiiiiidezzzzzzz-moi !

Elle continua de le frapper de toutes ses forces avec sa jambe libre alors qu'il la traînait vers la maison.

« Bang ! »

Max s'arrêta. Une tache rouge apparut sur son t-shirt blanc au milieu de la poitrine. Il lâcha la jambe tendue entre ses mains et s'effondra.

« Haaaaaaaaaaaaaaaaa ! », hurla Sarah, effrayée.

Max s'effondra à ses pieds alors qu'elle se recroquevillait au même moment, l'évitant.

— Madame, madame, madaaaaaaame, dit une voix provenant du portable.

Sarah chercha l'appareil qui était près d'elle et le prit.

— Oui, dit-elle faiblement.

— On peut vous aider, madame ?

— Oui. Une ambulance, la police, un mort.

Elle se sentit faiblir malgré qu'elle fût par terre. Sa vision devint floue. Comme elle s'évanouissait, elle crut voir une silhouette féminine courir au loin.

Chapitre 36

— Madame Donovan ? Madame Donovan ! Vous m'entendez ?

« *Sarah ! Sarah ! C'est moi, Gabriel ! Tu m'entends ?* *Ouvre les yeux ! Allez, fais un effort.* »

Elle bougea la main. Je la vis ouvrir lentement les yeux, regardant l'infirmière penchée sur elle.
— Qui êtes-vous ?
— Nadia, votre infirmière. Comment vous sentez-vous ?
— J'ai mal.
— À quel endroit ?
— Au dos, à la hanche, la cheville, un bras.
— Vous n'êtes pas blessée sérieusement. Vous n'avez que quelques contusions, peut-être au plus une foulure. Dans quelques jours, rien n'y paraîtra.
— Vous m'avez fait des examens ?
— Radiographies et prise de sang. Tout est normal.
— Tant mieux, répondit-elle, se détendant en reposant la tête sur l'oreiller.
— Des policiers sont ici. Vous sentez-vous assez bien pour répondre à quelques-unes de leurs questions ? demanda l'infirmière.
— J'aurais une question à vous poser !
— Bien sûr. Je vous écoute, dit l'infirmière, se penchant gentiment vers elle.
— Vous étiez seule dans la chambre avant que je me réveille ?
— Oui. Pourquoi ?

— Vous êtes certaine qu'un homme, un médecin ou quelqu'un n'était pas dans la chambre ?

— Absolument certaine. Et pourquoi ?

— C'est étrange. J'ai l'impression de vous avoir entendu dire mon nom et qu'ensuite un homme m'appelait par mon prénom et me demandait d'ouvrir les yeux.

— Vous devez avoir rêvé, dit l'infirmière en souriant avec tendresse.

« *Sarah ! Bon Dieu, Sarah ! Tu m'as entendu ? C'est incroyable ! C'est moi qui te parlais, ma belle ! Tu m'as entendu ! Quelle joie ! Je suis là, ma belle ! Tu m'entends ? Tu m'entends ? Tu m'entends, Sarah ?* »

— Rêvé ? Peut-être, mais j'ai bien cru entendre la voix d'un homme, répondit-elle, songeuse.

« *Non, Sarah ! Tu n'as pas rêvé ! C'était moi qui te parlais et tu m'as entendu !* »

— Je peux laisser entrer les policiers pour vous poser quelques questions ?

Elle fit signe que oui de la tête et ferma les yeux à moitié. Deux policiers entrèrent ainsi que la détective Glasco. Lorsque Sarah l'aperçue, ses yeux s'agrandirent.

— Ça va Sarah ? demanda la détective.

— Ça pourrait aller mieux.

— Je ne suis pas très fière de vous, Sarah.

Elle ne dit rien et se contenta d'attendre la première question.

— Pas plus de cinq minutes, dit l'infirmière en sortant.

— Nous irons droit au but. Que faisait Max avec vous, Sarah ?

— Il m'a suivie.

— Et pourquoi ?

— Avoir de l'argent.

— Et ?

— Je lui ai dit de foutre le camp ou j'appellerais la police.

— Et pourquoi vous êtes-vous battue avec lui ?

— Je ne me suis pas battue mais plutôt débattue, répondit-elle, insultée.

— Et pourquoi vous être débattue ?

— Il me traînait par terre en me tirant par une jambe et je tentais de m'en libérer.

— Et qu'est-ce qui a déclenché cette bataille ?

— Il voulait de l'argent et je n'ai pas voulu lui en prêter.

— Était-ce une raison pour qu'on l'assassine ?

— Il est mort ? dit Sarah tout en se redressant.

— Une balle en plein cœur, un vrai travail de professionnel.

— Ce n'est pas moi ! dit-elle en haussant la voix.

— Il est clair que ce n'est pas vous ! La balle est entrée par derrière juste au milieu des omoplates et fut tirée d'une distance d'environ vingt mètres. Les policiers qui sont arrivés sur les lieux suite à votre appel d'urgence m'ont confirmé que vous vous étiez évanouie juste à côté du cadavre.

Elle eut un frisson juste à entendre ce mot. Je la vis serrer les bras comme si elle se réchauffait. Je me souviens combien elle me disait qu'elle avait peur des morts.

— Avez-vous vu quelque chose de suspect, quelqu'un d'autre que Max ?

Elle réfléchit en fouillant encore une fois dans sa mémoire. Je le vis à sa façon de froncer les sourcils et de fixer son regard.

— Non. Non, je n'ai vu personne.

— Vous en êtes certaine ?

Elle hésita et réfléchit encore.

— Non, rien, confirma-t-elle.

— Vous pouvez...

— Terminé, madame la policière. Veuillez laisser Madame Donovan se reposer, je vous prie.

— Une dernière question s'il vous plaît, garde, demanda la détective Glasco.

— Non, terminé. Ici, c'est un hôpital, pas une salle d'interrogatoire. Elle sortira probablement demain alors vous aurez tout le temps que vous voulez pour l'interroger.

La détective et les deux policiers sortirent sans rien ajouter.

— Reposez-vous maintenant, Sarah. Votre médecin viendra vous voir demain pour votre congé.

— Vous êtes bien certaine que personne n'était avec vous lors de mon réveil? demanda à nouveau Sarah en s'adressant à Nadia, l'infirmière.

— Vous avez rêvé! Allez, reposez-vous pour reprendre des forces.

Sarah se retourna dans son lit, tentant de retrouver le sommeil.

« J'aimerais tant que tu sois près de moi, mon ange », songea-t-elle.

« Si tu savais combien je suis plus que jamais auprès de toi. »

Chapitre 37

— Comment allez-vous ce matin, madame Donovan ? demanda le médecin vêtu de son sarrau blanc.

Elle était déjà habillée, prête à partir. Assise au pied de son lit, elle se redressa et se leva face au médecin.

— Je vais bien, docteur. Juste encore une douleur au dos et à la cheville.

— C'est normal pour la douleur au dos. Elle est probablement due à la position dans laquelle vous étiez lorsque le corps de votre ami s'est affaissé sur vous.

Elle eut un mouvement de recul.

— Il était mon ami mais depuis quelques semaines il ne l'était plus, s'empressa-t-elle de répondre.

— Vous pouvez signer les documents ici attestant que vous quittez l'hôpital, lui indiqua le médecin.

Sarah prit le stylo Mont Blanc qu'il lui tendit et signa les documents rapidement sans y prêter trop attention.

— Vous n'avez rien constaté d'anormal lors des examens, s'inquiéta-t-elle à nouveau.

— Non, rien du tout. Vous n'avez subi aucun traumatisme, ni fracture. Vous avez probablement perdu connaissance dû à une surcharge de stress ou d'un choc intense. C'est parfois un mécanisme naturel de défense du corps que de s'évanouir lorsque les événements nous dépassent, si je peux l'expliquer ainsi. Maintenant, tentez de vous reposer et d'oublier ces mauvais souvenirs.

— Plus facile à dire qu'à faire mais j'essayerai. Merci, docteur.

Elle prit ses effets personnels posés dans un sac sur

la chaise pour visiteur au bout de son lit. Attrapant sa bourse d'une main et son manteau de l'autre, elle quitta rapidement la chambre, comme si elle tentait de fuir les dernières vingt-quatre heures de cauchemar qu'elle avait vécues. Elle enfila son manteau tout en marchant dans le long corridor tout blanc et se dirigea vers les ascenseurs. Une fois à l'intérieur, elle fouilla dans son sac à main afin d'y trouver ses clés. Elle remarqua l'emballage contenant les bas qu'elle avait trouvés dans le tiroir du bureau de la maison. En serrant ses clés dans sa main, elle réalisa que sa voiture devait être encore à la maison que je lui avais offerte.

« Zut ! Un taxi me coûtera une fortune », songea-t-elle.

Elle prit son portable et tenta de composer un numéro. Elle secoua l'appareil.

« La pile maintenant ! », dit-elle, remarquant que la pile était à plat.

Elle retourna à l'intérieur du hall d'entrée de l'hôpital, et d'un téléphone public, elle composa rapidement un numéro.
— Lina ? Lina répond !
Elle entendit un déclic.
— Sarah ?
— Dieu merci, tu es là ! Oui, c'est moi ! Tu peux me rendre un service ?
— Bien sûr, répondit Lina spontanément.
— J'aurais besoin que tu viennes me chercher à l'hôpital et m'emmènes à la maison de Gabriel pour que j'aille chercher ma voiture.
— Quand ?
— Immédiatement, dit Sarah, impatiente.
— À quel hôpital es-tu ?
— Celui situé à une cinquantaine de kilomètres de chez toi.
— Mais que fais-tu là ? Pourquoi es-tu aussi loin ?
— Je t'expliquerai tout tantôt ! Tu peux venir ?
— Donne-moi une trentaine de minutes et je pars.

— Ce qui veut dire que tu seras ici dans environ une heure ?
— Oui ! Je fais vite !
— Merci, Lina ! Tu es un amour. Je t'attends.
— Je t'appellerai sur ton portable.
— Inutile, il est mort. Je t'attends dans le hall.
— D'accord. J'arrive le plus vite possible.
— Merci.

Lina avait déjà raccroché lorsque Sarah raccrocha l'appareil et se retourna pour tenter de trouver une cafétéria. Elle remarqua les gens autour. Des personnes en fauteuil roulant, des personnes âgées accompagnées de leurs enfants adultes qui les aidaient à se diriger au bon endroit, quelques infirmières pressées, un agent de sécurité observant tout ce va-et-vient. Elle leva la tête afin de lire les indications pour la cafétéria. Une flèche indiqua d'aller vers la gauche. Elle marcha dans cette direction en suivant les flèches jusqu'à ce qu'elle sente une odeur de café embaumant l'air. Elle fut surprise d'y trouver un espace aussi propre, décoré de tons de beige avec des appareils et accessoires de couleur argent. Elle passa le tourniquet et se dirigea vers le café, passant devant la fenêtre des desserts, des muffins et de la soupe chaude. Elle s'arrêta et revint sur ses pas. La crème de carottes semblait excellente. Elle retourna chercher un cabaret et revint vers le comptoir où une dame grassette et souriante l'accueillit.
— Vous désirez une bonne soupe, mademoiselle ?
— C'est bien une crème de carottes ?
— Oui ! Elle est faite ici en plus !
— D'accord ! Et avec un petit pain s'il vous plaît.
— Avec plaisir ! dit la dame en lui servant une généreuse portion.
— Merci, dit Sarah en prenant le bol fumant.
— Les cuillères sont au bout du comptoir.
— Bonne journée ! dit Sarah en s'éloignant.
Elle arriva devant les distributrices à café. Elle choisit un expresso allongé en y ajoutant deux sachets de sucre. Après avoir réglé à la caisse, elle alla s'installer à une table en déposant avec précaution son cabaret.

« *Tu as l'air épuisé, ma belle. C'est compréhensible après ce qui vient de t'arriver. J'espère que tu prendras soin de toi en essayant de te reposer et d'oublier ces terribles moments. Je sais que tu auras la force de regarder en avant malgré les épreuves. Tu as toujours été si forte, j'ai confiance en la façon dont tu te sortiras de ces mauvais moments.* »

Je la regardai déguster lentement sa soupe et déchirer en petits morceaux son pain brun. Même dans une cafétéria, à manger un bout de pain et de la soupe, elle avait de la classe. Malgré ses vêtements tachés de sable, de terre et de sang, elle portait son manteau avec élégance, ne laissant qu'une partie de ses vêtements apparents. On ne pouvait voir les taches que si l'on portait attention. Je la vis porter à sa bouche sa petite tasse contenant l'expresso bouillant. Elle grimaça à peine et le but en trois gorgées. Elle se leva, alla porter le cabaret à l'endroit prévu et sortit en prenant soin de refermer son manteau comme si elle allait sortir à l'extérieur. Marchant à pas lents, elle revint par le même corridor, suivant maintenant la direction des flèches conduisant au hall. Elle alla jusqu'aux portes vitrées de l'entrée et frissonna quand le vent glacial entra au moment où l'une des portes s'ouvrit. Elle tenta de voir si elle pouvait apercevoir la voiture de Lina. Elle regarda l'heure sur la grande horloge blanche aux aiguilles et aux chiffres noirs. À peine trente minutes s'étaient écoulées. Elle choisit un siège, loin des portes, et attacha son manteau alors qu'elle s'assit sur une chaise de plastique fixée au sol.

Chapitre 38

Une bonne heure s'écoula avant que Sarah se décide à se lever et à aller voir dehors si Lina y était. Elle se renfrogna dans son manteau et affronta le froid. Elle resta sur le trottoir et regarda les voitures qui arrivaient et partaient mais n'aperçut pas celle de Lina. Elle rentra, gelée, et se dirigea vers le téléphone public.

« Où es-tu, Lina ? », songea-t-elle.

Elle prit le récepteur et composa un numéro.

— Lina ! Lina ? Lina, répéta-t-elle.

Elle raccrocha et reprit le récepteur. Elle composa un autre numéro. Je la vis se tenir sur une jambe seulement et attendre. Elle pesa sur quelques boutons. Je compris qu'elle devait écouter les messages laissés sur son répondeur.

— Sarah, c'est moi, Lina. J'ai tenté de te joindre sur ton portable. J'ai ensuite réalisé que tu m'avais dit que ta pile était à plat. Je serai un peu en retard. J'ai dû aller reconduire Angelo car sa voiture ne démarrait pas. Ne t'inquiète pas, je devrais être là une demi-heure plus tard que prévu. J'espère que tu entendras ce message. Je t'embrasse.

Elle raccrocha et retourna s'asseoir sur la même chaise. Elle fouilla dans son sac à main. Elle sortit un paquet de gomme ainsi que l'emballage qu'elle avait trouvé dans le bureau de la maison.

« Regarde, Sarah ! Regarde à l'intérieur. »

Elle remit le paquet de gomme à mâcher dans son sac. Elle vint pour remettre l'emballage des bas également à l'intérieur de son sac mais remarqua quelque chose de curieux. Elle tâta l'emballage et vit qu'il n'était pas scellé mais plutôt bien collé avec du ruban adhésif. Elle le tira. En passant la main à l'intérieur du paquet, elle toucha les bas noirs et accrocha quelque chose à l'intérieur. Elle tira et y découvrit une lettre soigneusement cachée à l'intérieur d'une enveloppe de couleur noir cartonnée.

« Bravo ! Ouvre-la, Sarah ! C'est pour toi ! »

J'avais bricolé une enveloppe noire avec du papier cartonné. De cette façon, elle se camouflait à merveille dans l'emballage sans que personne ne puisse remarquer qu'il puisse y avoir une lettre insérée à l'intérieur.

« Du travail comme on en voit dans un film d'espionnage ! », pensa-t-elle.

Je l'observais ouvrir l'enveloppe avec précaution. Je sentis en moi une grande émotion. J'avais l'impression de la voir ouvrir un cadeau précieux que je lui offrais et en plus, j'avais le privilège de la voir découvrir ce présent que j'avais préparé avec beaucoup d'émotion et de soin. Elle tira sur le papier imprimé de couleur beige avec fond de bouquet de roses.

« Oh ! », s'exclama-t-elle avec émotion.

Elle déplia le papier avec délicatesse. Je voyais ses lèvres presque trembler. Bien calée dans sa chaise, elle déplia la lettre et lut.

« Mon bel amour, ma belle Sarah que j'aime et que j'aimerai toujours. Possiblement qu'au moment où tu liras cette lettre tu auras passé par toute une gamme d'émotions, incluant celles de la surprise et de l'étonnement. Possible-ment aussi, te poseras-tu plusieurs questions sur le pourquoi de mes décisions et surtout de mon silence. Je tenais donc à t'écrire cette lettre avant qu'il ne soit trop tard mais surtout pour que tu saches ce que je désire au plus profond de mon cœur. Tu sais, mon amour, dès le moment où mon regard a croisé le tien, j'ai senti quelque chose bouger en moi. De l'homme qui survivait aux événements de sa vie brisée, je suis devenu un homme comblé, simplement heureux de vivre et de respirer. Ta vitalité, ton sourire, ta façon de vivre me démontrèrent que la vie avait encore de belles choses à m'offrir et qu'elle pouvait encore être belle, malgré les cassures et les blessures qui m'affligeaient. À travers tes yeux, j'ai pu me voir comme un homme à nouveau. J'ai redécouvert dans tes gestes que j'étais quelqu'un de bien, que j'étais une personne aimable et que je pouvais encore aimer. Et bien au-delà de cette extraordinaire façon de reconnaître que j'étais une personne qui méritait d'être respectée et aimée, j'ai pu revivre à nouveau ce que c'était l'amour, ce que c'était que d'être heureux à deux. Pour tout cela, comme je te le disais lorsque nous étions ensemble, je te vouerai un amour éternel, bien au-delà du temps.

Comme tu as pu le constater à la lecture du testament, je n'ai rien légué à mon ex-femme. Possiblement par vengeance, mais aussi parce que j'étais certain qu'elle saurait très bien se débrouiller sans moi, je ne voulais rien lui laisser considérant qu'elle m'avait tout pris, tout ce que j'avais de plus précieux, à commencer par mon identité et mes enfants. Aussi, pour mes enfants, je ne leur ai pas légué une fortune mais je voulais m'assurer qu'ils puissent faire de bonnes études et avoir l'argent nécessaire pour les faire. J'avoue que j'ai eu énormément de peine lorsqu'ils se sont éloignés de moi à l'arrivée du nouveau conjoint de mon ex-femme. Ils préféraient les activités dispendieuses que je ne pouvais leur offrir étant donné que j'étais sans le sou lors de ma séparation. Je ne leur en garde pas rancune, ce sont des enfants. Toutefois, lors de mon séjour, après l'hôpital, j'ai cru percevoir qu'ils s'efforçaient de venir me voir plutôt par obligation que de leur plein gré. La seule personne qui me considérait comme une personne, un être humain aimable, c'était toi, Sarah, et cela je l'ai senti dès notre premier regard. Et cela, jamais je ne pourrai l'oublier.

Les jours, les semaines et ensuite les mois se sont succédé à la vitesse de l'éclair, me confirmant de jour en jour combien notre amour et notre complicité étaient vrais. C'est pour cela que j'ai voulu, quand j'ai gagné une si grande somme d'argent, te montrer matériellement combien je pouvais t'apprécier et t'aimer. Malgré que tu aies décidé trop rapidement de mettre fin à notre relation, jamais je ne t'en ai voulu. J'étais motivé à l'idée de construire cette maison, de faire aménager ce terrain pour toi et j'avais fermement l'intention de t'y emmener.

Malheureusement, si cette lettre se retrouve entre tes mains, c'est parce que je n'ai pu réaliser ce rêve, mais tu en as l'héritage. Tu m'as tant donné, ma belle Sarah, c'est à mon tour de t'offrir une partie de ce dont tu rêvais depuis si longtemps. Malgré que cela te semble sûrement illogique, trop grandiose, ceci demeurera toutefois pour moi trop peu comparé au bonheur que j'ai vécu à tes côtés.

Sois heureuse, ma belle Sarah, malgré que je ne sois plus près de toi. Dans cette maison, avec cet argent, je rêve que tu sois la Sarah que j'ai rencontrée, pleine de joie de vivre, pleine de vivacité, pleine de force mais aussi de fragilité. Profite au maximum de la vie car on ne sait jamais quand elle nous reprendra ce que nous aimons et considérons le plus. S'il m'est possible, si la vie continue après le passage dans le couloir de la mort, sache que si je le peux, de là où je serai, je veillerai sur toi. Peu importe où j'irai, je t'aimerai avec autant de passion et de tendresse que lorsque nous étions l'un près de l'autre.

Je t'aime pour toujours.
xxx
Ton ange, ton amour, Gabriel »

Des larmes coulaient sur ses joues. Elle les essuya du revers de la manche de son manteau couleur bleu nuit. Le nez lui coulait et elle chercha rapidement à trouver un mouchoir dans la poche gauche de son manteau. Elle déposa la lettre sur ses genoux collés et se moucha avec force.

« Haaaaa ! », sursauta-t-elle lorsqu'elle sentit une main sur son épaule.

— Ça va ? lui dit Lina, sursautant également.

— Tu m'as fait peur, répondit Sarah.

— Qu'est-ce que tu as ?

— Rien. Partons d'ici, je t'expliquerai.

Elle reprit la lettre, la plia rapidement et la remit dans l'enveloppe noire qu'elle remit dans l'emballage.

— Une enveloppe noire ? De mauvaises nouvelles ? lui demanda Lina.

— Non, de très belles nouvelles !

— Mais qu'est-ce que c'est alors ? Une invitation pour aller à un bal ? tenta-t-elle à la blague.

— Une lettre de Gabriel.

Lina se tut ne sachant que dire. Elle la prit par le bras alors qu'elles étaient encore dans le hall.

— Il fait un temps de chien ! Tu es certaine que tu veux aller chercher ta voiture aujourd'hui ?

— Oui ! Tu as peur des conditions routières ?

— Oui et non. Il fait très froid mais la météo annonce des averses de neige en fin de journée.

— Nous aurons amplement le temps de revenir, répliqua Sarah.

— Allons-y ! dit Lina, toujours partante.

Une fois dans la voiture, Lina activa le bouton pour régler la chaleur et ferma la radio.

— Alors, raconte, que faisais-tu à l'hôpital ?

Chapitre 39

Elles roulèrent en discutant sans arrêt pendant près de deux heures. Les conditions de la route étaient encore belles mais le temps se couvrait rapidement. Lina écoutait avec intérêt tout ce que Sarah lui raconta des derniers événements.

— À gauche, fit Sarah.

Lina suivit les indications jusqu'à ce qu'elles arrivent au petit pont de bois.

— Ahhhhhhhhhhh! s'exclama Lina.

— Qu'y a-t-il? demanda Sarah, inquiète.

— C'est de cette maison que tu me parlais tantôt?

— Hum hum, fit Sarah, heureuse de voir son amie découvrir ce coin de paradis dont elle avait hérité.

— Pourquoi ne m'as-tu pas dit que c'était un château? Et ces arbres, ce lac, c'est... c'est... magnifique! Tu te rends compte Sarah, Gabriel t'a fait construire un paradis pour te l'offrir. C'est incroyable! Tu sais pourquoi il a fait cela?

— Depuis ce matin, oui.

— Comment, depuis ce matin? demanda Lina, curieuse.

— L'enveloppe noire, tu te souviens? Gabriel m'a écrit une lettre m'expliquant pourquoi il avait fait cela.

— Et? questionna Lina, toujours dans le néant sur les causes de ce geste démesuré.

— Il m'aimait.

— Voyons, Sarah! Beaucoup de gens s'aiment sans s'offrir de telles choses! Il a fait cela par amour pour toi?

— Parfois les mots sont inutiles pour décrire les raisons et les émotions que l'on ressent, mais en résumé, il voulait me dire combien il m'aimait et tenait à moi.

— Ce n'est pas à moi que cela arriverait! dit Lina.

— Jalouse? demanda Sarah.

— Pas du tout! Plutôt surprise de cette démesure mais je suis vraiment heureuse pour toi, Sarah. Tu le mérites.

— Tu le mériterais, toi aussi, Lina! On le mérite tous un peu. Disons que j'ai eu plus de chance. Je ne m'attendais pas du tout à cela.

L'auto roula lentement vers la maison jusqu'à l'entrée grandiose. Lina se gara derrière la voiture de Sarah sous le toit blanc retenu par les immenses colonnes blanches.

— Tu veux entrer? demanda Sarah.

— Tu veux rire? Bien sûr que oui! Je ne me suis pas tapé tout ce chemin pour repartir tout de suite!

Elle entrèrent dans la maison en ouvrant simplement la porte restée déverrouillée. Je voyais Lina sauter de joie et Sarah qui la regardait, le sourire aux lèvres, heureuse de voir sa meilleure amie découvrir ce qu'elle avait auparavant découvert en solitaire. Elles firent le tour de la maison, visitant chaque pièce en s'exclamant.

« Je te souhaite d'être heureuse dans cette maison, ma Sarah. Tu pourras y inviter tes amies, faire des fêtes, te reposer et peut-être, un beau jour, y fonder une famille. J'aurais tant aimé y être mais comme tu dois continuer ta vie sans moi, vaut mieux que tu partages cette richesse et que ta vie soit la plus belle possible. »

— Tu as vu la tempête? lui dit Lina en pointant le doigt vers la grande fenêtre du salon.

— Incroyable! Le temps était si clair tantôt.

— Cela fait plus d'une heure que nous visitons la maison! Le temps passe si vite! Je dois penser à rentrer.

— C'est dangereux, Lina. Tu as vu? Le vent souffle et c'est de la poudrerie.

— Peut-être est-ce seulement parce que nous sommes isolées? Ça devrait être mieux sur la route.

— Dis, Lina, tu veux rester? demanda Sarah, d'un

ton quelque peu insistant.

— Je dois rentrer. Je dois sortir mon chien et demain je dois me lever tôt pour le travail.

— S'il te plaît, Lina, reste ici avec moi ce soir. J'aimerais ne pas dormir seule ici. Je veux chasser le plus rapidement possible les mauvais souvenirs de ce qui s'est passé. En plus, le temps est vraiment mauvais.

Lina l'observa sans rien dire. Elle réfléchissait.

— J'ai du travail demain, vraiment beaucoup de travail.

— Lina, il est dangereux de prendre la route ce soir. S'il te plaît, reste. On fera un feu dans le foyer tout en dégustant un chocolat chaud.

— Comment sais-tu s'il y a du chocolat chaud ?

Sarah courut vers la cuisine et revint quelques secondes plus tard.

— Tadammmmm ! Voilà !

Lina la regarda l'air découragé devant tant d'insistance.

— D'accord ! Laisse-moi passer quelques coups de fil.

Sarah bondit de joie et l'embrassa sur la joue.

— Je prépare le chocolat chaud et mets une bûche dans le foyer.

Lina lui fit signe de la main, lui indiquant qu'elle était déjà au téléphone.

« Que tu es belle quand je te vois sourire spontanément comme je t'ai connue. Tu fais tout avec tant de joie et de passion. Je retrouve la Sarah que j'ai connue, enthousiaste et heureuse. Je suis si heureux de te voir sautiller, de te savoir si bien avec ta grande amie Lina. »

— Au moins deux heures du matin, répondit Lina en bâillant.

— Il n'est que huit heures, dit Sarah, qui s'étirait toujours.

— Nous en avions long à nous raconter hier soir.

— C'est comme cela lorsque nous n'avons pas l'occasion de nous côtoyer autant que nous le voudrions. Je te remercie, Lina, d'être restée avec moi.

— Je ne l'ai pas fait pour toi, c'était seulement pour éviter de prendre la route pendant la tempête ! répondit-elle en ricanant.

— Tu sais, pour ta suggestion, je crois que je vais tenter le coup.

— Quelle suggestion ? Je n'arrête pas de te faire des suggestions ! continua Lina, toujours en souriant.

— Concernant Michael, répondit Sarah tout en fixant le décor extérieur, les couvertures sous le menton.

— Tu l'appelleras ?

— Oui !

— Promis ? insista Lina, qui la regarda avec plus de sérieux.

— Oui, je le ferai.

— Allez ! Je prends une douche et je me sauve, dit Lina, sortant des couvertures.

— Moi aussi alors. Je dois retourner à la maison concernant l'enquête. Je suis certaine que les policiers ont tenté de me joindre.

— Tu n'as pas ton portable avec toi ?

— Oui, mais je l'ai laissé dans mon sac à main dans la salle de bain ! dit Sarah, l'air heureux de n'avoir personne pour venir troubler son bref séjour dans sa maison de rêve.

— C'est une bonne façon de ne pas être dérangée tout en restant disponible, cria Lina de la salle de bain.

— Tu as tout compris ! En plus, la pile est toujours à plat ! répondit Sarah, qui restait sous les couvertures tout en regardant le soleil briller à travers l'immense fenêtre.

« J'espère que tu reviendras bientôt, ma belle. J'ai hâte de te voir emménager ici, dans le paradis que j'ai construit pour nous. J'espère que tu y trouveras la paix et la sérénité que j'y avais trouvées malgré ton absence. »

162

À peine une quarantaine de minutes plus tard, elles montaient chacune respectivement dans leur voiture.

« Bip bip ! », klaxonna Sarah.

Lina ouvrit sa fenêtre.

— Nous allons déjeuner à un resto près de l'auto-route ? demanda Sarah.
— D'accord ! Ça te va si nous roulons une cinquan-taine de kilomètres avant de nous arrêter ? cria Lina.

Sarah ferma sa fenêtre en lui faisant signe de la main en guise d'approbation.

Elles roulèrent à peine une vingtaine de kilomètres lorsque Lina se dirigea vers la voie de service. Sarah l'imita. Lina sortit en courant et se dirigea vers la portière du passager que Sarah déverrouilla rapidement.

— Je dois continuer, dit Lina, prenant place sur le siège du passager.
— Quoi ?
— Je dois aller directement chez moi et au bureau.
— Mais tu peux arrêter quelques minutes pour déjeuner, non ? insista Sarah.
— J'ai pris mes messages et ils m'attendent pour une réunion importante. Je dois vraiment y aller sans perdre trop de temps. J'arrêterai au service au volant d'un restau-rant et mangerai tout en conduisant.
— Dommage. Merci encore d'être restée ! dit Sarah en la serrant dans ses bras.
— Tu veux consulter tes messages ? lui demanda Lina en lui tendant son portable.
— Je préfère attendre en rentrant. De toutes façons, rien n'est trop urgent pour attendre quelques heures.
— Comme tu veux ! Sois prudente, ma grande amie ! On se rappelle bientôt ? continua Lina en serrant à son tour Sarah dans ses bras.
— Quand tu voudras ! J'ai tout mon temps mainte-nant, répliqua Sarah, faisant allusion qu'elle était maintenant sans emploi.

— Sois prudente, termina Lina en claquant la portière.

Elle courut jusqu'à sa voiture. Sarah attendit qu'elle démarre. Elle préférait la suivre.

« Quelle belle soirée nous avons passée ! », dit Sarah tout en regardant la voiture de son amie devant.

« C'est si touchant de voir votre complicité ! On jurerait que vous êtes deux sœurs. Je suis heureux que tu aies une si bonne amie près de toi. Dommage que nous ne l'ayons pas côtoyé un peu plus lorsque nous nous fréquentions. Nous étions si bien ensemble que trop souvent nous délaissions nos amis pour profiter pleinement de moments à deux, en toute intimité. Que ce soit pour faire une promenade, errer dans les magasins ou tout simplement déguster un café, nous étions si bien l'un près de l'autre que nous ne ressentions pas le désir de visiter ou de recevoir régulièrement nos connaissances. »

Quelques minutes plus tard, Sarah perdit de vue la voiture de son amie. Peut-être avait-elle emprunté une sortie afin de s'offrir un petit-déjeuner dans un restaurant avec service au volant ou peut-être encore avait-elle accéléré afin d'arriver plus tôt à son travail. Peu importe, Sarah conduisait à la limite permise sans tenter d'accélérer. Je la voyais regarder tantôt à droite, tantôt à gauche, admirant les champs couverts de neige et le ciel bleu. Elle n'écoutait pas de musique, ce qui était plutôt inhabituel. Elle semblait perdue dans ses pensées, ou qui sait, dans la beauté du décor qui défilait sous ses yeux.

Chapitre 41

— Un numéro trois avec un café noir, commanda-t-elle au service au volant.

— Quatre dollars ! Passez au deuxième guichet, lui dit une voix dans le microphone extérieur.

Sarah referma rapidement sa fenêtre. Le vent était glacial en ce matin de décembre.

Déjà deux mois que j'ai quitté ce monde et voilà que ma Sarah se nourrit d'aliments de restauration rapide, elle qui avait de si bonnes habitudes alimentaires.

« Que fais-tu, ma belle ? Pourquoi te contentes-tu de cette nourriture que tu disais infecte, malsaine, mauvaise pour la santé ? Je ne te reconnais plus. »

La serveuse lui passa un sac et un café par une petite fenêtre qui s'activait automatiquement lorsque la caissière s'avançait pour donner la nourriture et la monnaie aux clients. Sarah déposa le tout sur le plancher face au siège du passager et tenta d'entrer le verre de café brûlant sur le support prévu à cet effet.

« Zut ! », échappa-t-elle en se brûlant les doigts.

« Bip bip ! », klaxonna une voiture derrière elle.

« Un moment, un moment », s'impatienta-t-elle en gesticulant.

« Bip bip ! », fit à nouveau la voiture à l'arrière.

Elle démarra en trombe ne remarquant pas que le chauffeur lui faisait signe de la main. Frustrée, elle reprit la route sans ouvrir le sac contenant son petit-déjeuner.

En garant sa voiture devant chez elle, elle ramassa le sac et le verre de café vides et sortit en courant de la voiture. Elle s'empressa d'ouvrir la porte en grelottant.

« Drinnnnnggggg, drinnnnnnnggggggggg ! », sonna le téléphone, alors qu'elle déverrouillait la porte.

« Patience, j'arrive », dit-elle en retirant rapidement ses bottes.

— Allo ?

Il n'y avait personne au bout du fil. L'appelant avait déjà raccroché. Elle consulta l'écran de son afficheur qui indiquait « numéro confidentiel ». Elle prit le temps de retirer son manteau avant de revenir et de consulter ses messages téléphoniques.

« Vous avez quatre nouveaux messages » dit la voix de son répondeur téléphonique.

Elle composa rapidement les chiffres de son mot de passe et attendit la tonalité.

« Sarah, ici Glasco, rappelez-moi. Bip. Sarah, c'est l'agent Glasco, rappelez-moi aussitôt que vous aurez ce message. Bip. Madame Donovan, ici la mère de Max, j'aimerais vous parler, s'il vous plaît, rappelez-moi. Bip. Sarah, ici Glasco. Je vous ai laissé trois messages. Où diable êtes-vous passée ? J'ai tenté de vous joindre sur votre portable qui est fermé. Faudra-t-il que je lance un avis de recherche ? J'attends votre appel. »

— Glasco, répondit la détective.

— Qu'y a-t-il ? demanda Sarah, sans se nommer.

— Je vous attends au poste dès que possible.

— Vous savez qui parle ? demanda Sarah, voulant tenter une certaine approche.

— Soyez ici le plus tôt possible, madame Donovan ! dit-elle en raccrochant.

Elle raccrocha, l'air plus frustré que surpris. Elle composa aussitôt un autre numéro.

— Bonjour. Vous vouliez que je vous rappelle ?
— Bonjour Sarah ! dit la mère de Max.

Un silence se fit. Elle se mit à pleurer. Sarah ne savait que faire. Vu son état, je compris qu'elle était à mi-chemin entre la colère et la compassion. Après tout, le fils de cette dame avait failli la tuer.

— Sarah, je suis désolée, réussit-elle à dire entre deux sanglots.
— Ce n'est pas votre faute. Ne vous en faites pas pour moi.
— Je tenais tout de même à vous dire que je vous aimais beaucoup et que je trouve regrettable et inexcusable le geste de mon fils.

Elle se remit à pleurer et à tousser. Sarah ne dit rien, attendant qu'elle reprenne son souffle.

— Est-ce que tu vas bien, ma petite ? lui dit-elle d'un ton maternel.

Sarah se sentit mal à l'aise. Elle cherchait ses mots ne sachant que dire. Je le remarquai à sa façon de porter sa main dans sa chevelure et de se gratter le dessus de la tête.

— Ça ira. Je dois maintenant raccrocher. Les policiers m'attendent pour me poser des questions.
— Tu viendras me voir ? demanda la mère de Max, l'implorant presque.
— Peut-être, répondit Sarah, qui avait hâte d'en finir avec toute cette histoire.
— Prends soin de toi, ma petite Sarah, et encore une fois, je suis désolée pour ce que mon fils a pu te faire subir.

Sarah n'avait pas vraiment envie de discuter. Elle était partagée entre plusieurs sentiments tant compatissants que de vengeance. Elle raccrocha lentement sans toutefois émettre de salutations.

« Ah ! Gabriel ! Je n'ai qu'une envie, retourner dans

la maison de mes rêves ! Mais pourquoi je m'adresse encore à toi comme si tu étais présent. Ça fait... ça fait... », elle se dirigea vers le calendrier accroché au mur de la cuisine.

« *Déjà deux mois que je suis parti, que je suis là sans y être entièrement.* »

« Déjà trois ans que nous nous sommes rencontrés ! Que le temps passe ! », dit-elle à voix basse.

« *Tu as raison ! Déjà trois ans ! Tu te souviens du premier soir ? Quand tu m'as dit le fameux "Bonsoir. Sarah", en me tendant la main ? Qui aurait pu prévoir que cette simple salutation nous conduirait à la plus belle histoire d'amour ?* »

« Drinnnnnggggg ! »
— Allo ?
— Madame Donovan ? Vous êtes encore là ?
— Euh oui ! Pourquoi ?
— Il y a quatre personnes qui vous attendent au poste depuis plus de vingt-quatre heures. Vous avez besoin que j'envoie une voiture vous chercher ? demanda l'agent Glasco.
— J'arrive ! dit Sarah d'un ton sec tout en raccrochant immédiatement.

Quatre paires d'yeux étaient rivées sur elle. Deux agents en uniforme et deux autres habillés en civil étaient assis autour d'une table.
— Asseyez-vous, madame Donovan, dit l'agent Glasco, lui indiquant une chaise libre.
— Nous en avons pour longtemps ? demanda Sarah dans l'espoir que tout se termine rapidement.
— Tout le temps dont nous aurons besoin pour conclure cette enquête ou du moins pour recueillir le plus d'éléments possible afin de fermer cette enquête au plus vite, répondit un policier en civil âgé d'environ une soixantaine d'années.

Sarah se redressa. Il venait de la déstabiliser. Malgré

qu'elle n'eût rien à se reprocher, elle me semblait nerveuse à la voir se balancer la jambe sous la table.

— Alors Sarah, vous dites que vous n'avez vu personne à part Max le soir où il a été tué?
— Oui.
— Oui, vous avez vu quelqu'un ou vous n'avez vu personne?
— Je n'ai vu personne, répliqua Sarah.
— Et pourquoi Max vous a-t-il rudoyée?
— Je vous l'ai déjà expliqué! Il voulait de l'argent et j'ai refusé. Je lui ai dit de partir et il a refusé. Je lui ai dit que j'appellerais les policiers et il n'a pas bronché. J'ai tenté de me sauver et il m'a couru après et s'est jeté sur moi. Ensuite, j'ai entendu un coup de feu et il est tombé. Après cela je n'ai aucun souvenir.

Les enquêteurs se regardèrent. Leurs regards se parlaient en silence.

— C'est tout? demanda l'enquêteur d'une soixantaine d'années.
— On dirait que c'est moi la criminelle alors que je suis la victime! Pourquoi me regardez-vous de la sorte? dit Sarah, énervée.
— Calmez-vous, Sarah, les agents ne font que leur travail, dit l'agent Glasco.
— Je n'ai rien à me reprocher et je n'ai rien à voir avec ce meurtre. Alors, arrêtez de me regarder comme des chiens prêts à attaquer leur proie. Si vous n'avez pas d'autres questions, j'ai autre chose à faire.
— Ah oui? Vous n'avez pas été congédiée il y a quelques semaines? dit un autre agent.
Ses joues devinrent rouges, masquant mal la colère qui montait en elle.

« *Ma chère Sarah, ne te laisse pas impressionner par ces agents. Ils ne font que leur travail. Reste forte comme tu l'as toujours été. Ils savent probablement que tu n'as rien à voir avec ces derniers événements.* »

— Sarah, nous savons que vous n'êtes pas une criminelle et sommes certains de votre innocence dans cette histoire. Si nous vous avons demandé de venir ici, c'est simplement pour tenter de savoir si vous avez vu quelqu'un autre que Max cette journée-là, dit l'agent Glasco en prenant un ton plus doux.

— Je vous l'ai déjà dit. Je n'ai vu personne, répondit Sarah, visiblement ennuyée de la tournure de cet interrogatoire.

— Quelle est votre relation avec Debbie ? demanda l'un des quatre détectives.

— Une simple connaissance de Max. Elle n'était pas vraiment mon amie.

— Que voulez-vous dire par pas vraiment votre amie ? demanda la détective Glasco.

— Je l'ai vue à quelques reprises et l'ai connue parce qu'elle était une amie de Max.

— Quel genre d'amie ?

— Je ne sais pas trop, allez lui demander à elle, répondit Sarah impatiemment.

— Était-elle sa petite amie ?

— Si vous considérez que l'on qualifie une personne de petite amie si elle a des rapports sexuels, alors oui. Pour le reste, je ne sais pas quel genre de relation ils entretenaient. Ils semblaient de bons amis.

— Pourriez-vous l'identifier ? demanda Glasco.

Sarah se redressa, surprise de la question.

— Bien sûr !

— Venez avec moi ! lui dit l'agent d'une soixantaine d'années.

Sarah se leva et le suivit. Les trois autres détectives la regardèrent se lever puis sortir. Elle marcha derrière l'agent qui la conduisit dans une autre pièce fermée.

— Attendez-moi ici.

Elle resta dans la pièce exiguë, blanche, ne contenant ni chaise ni table, seulement un grand miroir fumé.

« *Reste forte, ma belle. Tout ça finira bientôt. En restant toi-même, tout ira pour le mieux.* »

Il se passa une bonne dizaine de minutes avant que l'agent aux cheveux gris réapparaisse.

— Vous êtes prête ?
— Prête à quoi ?
— Pour une identification ! dit-il sur un ton arrogant.
— Identifier qui ?
— Debbie, dit-il sèchement.

Elle s'appuya sur une jambe et posa la main sur le mur.

— Ça va ? demanda l'agent.
— Je ne me sens pas bien, dit Sarah, qui tremblait légèrement.
— Vous voulez vous asseoir ? demanda l'agent, quelque peu compatissant.
— Non !. Allez, qu'on en finisse !
— Je vous demande de bien regarder les personnes qui seront devant cette fenêtre. Prenez tout le temps dont vous avez besoin. Je voudrais que vous m'identifiez Debbie. Vous êtes prête ?

Elle ne fit que lever la main en signe d'approbation.
La lumière s'ouvrit et elle vit quatre personnes immobiles derrière la fenêtre.

— La deuxième, dit-elle immédiatement.
— Vous en êtes certaine ?
— Absolument, dit-elle sans hésiter.
— D'accord. C'est tout pour aujourd'hui alors.
— Je peux m'en aller ? dit Sarah, soulagée.
— Juste un moment.

Sarah soupira. Elle en avait plus qu'assez de toute cette histoire. D'abord son ami l'avait fraudée, lui avait menti, et malgré tout elle lui avait laissé la chance de s'en

171

aller. Et voilà qu'il était revenu vers elle dans l'intention de lui soutirer de l'argent et ensuite tenter de la tuer. C'en était trop. Il était mort et maintenant on lui demandait d'identifier Debbie. Le détective la laissa seule encore une fois dans cette pièce qui, à la pâleur qui se voyait sur son visage, lui donnait l'envie de vomir.

« *Ne lâche pas, ma belle Sarah. Tu es bientôt au bout de tes peines. Toute cette histoire s'achève et tu pourras te reposer calmement dans la maison de tes rêves. Ne te laisse pas abattre, tu es si près de la fin de cette triste histoire.* »

La porte s'ouvrit.

— Vous pouvez partir, lui dit l'agent Glasco.
— Pourquoi devais-je identifier Debbie?
— Vous pouvez garder un secret? dit la détective en s'approchant.

Sarah hocha la tête de bas en haut en guise d'affirmation.

— C'est elle qui a tué Max.

Chapitre 42

L orsqu'elle arriva chez elle, elle fouilla dans son sac à main puis dans son porte-monnaie à la recherche de la carte d'affaires de Michael. Elle regarda une pile de cartes puis une autre sans la trouver. Elle chercha au fond de son sac puis le retourna sur la table en vidant son contenu.

— Où est-elle? dit-elle, impatiente.

Elle replaça chaque chose avec précaution tout en jetant quelques bouts de papier et certaines cartes à la poubelle. Elle enfila un manteau chaud, un foulard, une tuque, des gants et sortit malgré le froid. Le soleil était encore haut. Elle marcha d'un pas rapide tout en respirant profondément.

« Quelle bonne idée que d'aller marcher! Tu te souviens de nos longues promenades près de la rivière? Nous l'avons regardée d'abord l'hiver, ensuite, au printemps alors que la glace se brisait en immenses blocs, puis ensuite, au début de l'été, qui s'annonçait très chaud, où nous la regardions couler tout en y trempant les pieds jusqu'aux chevilles. »

De la voir marcher seule me rappelle de si beaux souvenirs, mais à vrai dire, je suis triste de la voir se promener en solitaire. Malgré que je sache qu'elle ne craigne pas la solitude, je sais qu'au fond, personne n'aime vraiment être totalement seul.

« *Je te souhaite d'être heureuse avec une personne qui saura t'apprécier à ta juste valeur. Tu es si exceptionnelle, Sarah. Un homme ne peut qu'être heureux auprès de toi.* »

— Bonjour ! lui dit un couple de voisins dont elle ignorait le nom.

— Ah, bonjour à vous ! C'est une belle journée pour une promenade, dit-elle poliment.

— Une très belle journée pour s'imprégner de la chaleur du soleil malgré le froid, dit l'homme aux joues rouges.

— Bonne journée à vous deux, coupa Sarah, ne voulant discuter plus longuement.

Elle prit un chemin menant à une direction presque opposée. Elle marcha une bonne demi-heure jusqu'à ce qu'elle arrive au petit café où nous aimions aller occasionnellement lors de nos longues promenades. La cloche au-dessus de la porte tinta de l'intérieur lorsqu'elle ouvrit la porte.

— Un bon café chaud ? lui proposa la jeune serveuse.

— Un café au lait, s'il vous plaît.

— Tout de suite, répondit la serveuse avec un joli sourire.

— Je vais m'asseoir.

— J'irai vous porter le café si vous désirez me le payer tout de suite, proposa-t-elle.

Elle lui présenta quatre dollars.

— Gardez le reste, dit Sarah avec un demi-sourire.

— Merci beaucoup, répondit la serveuse en conservant le généreux pourboire.

Sarah prit le journal du jour et s'assit dos au mur. Elle déposa le journal sur une petite table en bois et déboutonna son manteau mais garda le foulard autour de son cou ainsi que son manteau sur ses épaules. Elle feuilleta le journal sans trop d'intérêt.

— Voilà votre café au lait, dit la serveuse en déposant le bol fumant devant Sarah.
— Merci, répondit-elle tout en déplaçant le journal.

À la voir tourner les pages aussi rapidement, je compris qu'elle lisait seulement les gros titres. Arrivée presque à la fin, elle s'arrêta à la rubrique nécrologique.
« Max Stober, fils de feu Max Stober et Maria Rizo, décédé le mercredi 12 décembre 2005 à l'âge de trente-huit ans. Outre ses parents, il laisse dans le deuil de nombreux amis. Les funérailles auront lieu... »

Elle referma le journal et but son café d'un trait. Elle grimaça au contact brûlant du lait chaud dans sa gorge. Elle sortit du café en prenant soin de boutonner son manteau et de placer correctement son foulard. Elle poussa la porte et la cloche tinta à nouveau. Elle descendit les quatre marches glacées avec précaution en se tenant à la rampe de bois et marcha avec précaution sur le trottoir.

« Bip bip » lui fit une voiture noire en passant près d'elle.

Elle ne fit rien. La voiture s'immobilisa. Elle aussi. Elle ne connaissait pas ce véhicule qui reculait lentement vers elle. Les feux arrière s'éteignirent alors que les feux d'arrêt, rouges, s'allumèrent. Elle remarqua que la voiture ressemblait étrangement à celle qui avait klaxonné lorsqu'elle était allée chercher son déjeuner au service à l'auto ce matin. Elle se mit à marcher d'un pas plus rapide et passa près de la voiture sans s'arrêter. Elle entendit le déclic de la porte du conducteur.

— Sarah?

Elle s'arrêta, n'étant pas certaine de reconnaître la voix masculine.
Elle se retourna et reconnut les cheveux noirs d'ébène.

— Michael?

— Bonjour, Sarah! J'attends toujours ton appel, tu sais?

— Étrangement, je cherchais ta carte tantôt et je ne la retrouvais pas.

— Ce n'est pas nécessaire d'en faire autant. Juste un bonjour ça ira! dit-il, quelque peu arrogant.

— Tu peux dire et penser ce que tu veux mais je cherchais ta carte tantôt et je ne l'ai jamais trouvée!

— Et pourquoi cherchais-tu ma carte?

— Je crois l'avoir oublié à l'instant! dit-elle, prenant le même ton que lui.

Il se mit à rire. Ses dents très blanches contrastaient avec son teint légèrement basané.

— Alors, ça va, toi?

— Oui, répondit-elle simplement en grelottant.

— Tu veux monter? lui offrit-il.

— Non! Je préfère marcher. J'aime bien respirer l'air froid! Par contre, j'aime un peu moins rester sur place!

— D'accord, j'ai compris! Je te laisse partir. Tu m'appelleras? osa-t-il de façon plus sympathique.

— À une condition, poursuit-elle.

— Ça dépend de laquelle! répliqua-t-il.

— Donne-moi une nouvelle carte si tu veux que je t'appelle.

— Pourquoi ne pas choisir l'endroit et le jour tout de suite! Mon invitation à souper tient toujours, tu sais!

— D'accord! Resto italien à deux pas d'ici! Tu vois là-bas?

— Quelle heure?

— Demain soir, dix-neuf heures dit-elle.

— Pourquoi pas ce soir? répliqua-t-il.

Elle réfléchit en le regardant quelques secondes.

— Va pour ce soir! Dix-neuf heures trente alors? lui proposa-t-elle en posant ses mains gantées sur son nez gelé.

— Tu ne me feras pas faux bon, n'est-ce pas? demanda-t-il, l'air quelque peu inquiet.

— Je ne suis pas de ce genre.

— Parfait! Tu veux tout de même ma carte au cas où tu aurais un empêchement ou du retard?

— T'inquiète pas, j'y serai sans faute, dit-elle, sautillant sur place.

— Tu es certaine que tu ne veux pas que je te dépose devant chez toi ?

— Qui te dit que je vais chez moi ? le taquina-t-elle.

— Ah, les femmes ! À ce soir alors, dit-il en lui envoyant la main.

Il démarra lentement et lui fit un deuxième signe de la main de l'intérieur de sa BMW de l'année.

Lorsqu'elle arriva chez elle, une quinzaine de minutes plus tard, elle était gelée et grelottait sans arrêt.

— Un bain chaud me fera du bien. Je ne veux pas d'une grippe en plus ! marmonna-t-elle.

« Mon bel ange, prends soin de toi comme je l'aurais fait, en allumant de longues chandelles parfumées, en ajoutant de l'essence d'orange dans l'eau de ton bain et de l'huile d'amande pour adoucir ta peau déjà si douce. »

Comme si elle m'avait entendu, elle alluma trois longues chandelles au parfum d'agrumes, versa plusieurs gouttes d'essence d'orange dans l'eau fumante de son bain et remonta ses cheveux bruns en chignon en laissant tomber quelques mèches sur sa nuque. Avant de se glisser dans le bain soigneusement préparé, elle ouvrit la radio et syntonisa la station où les ballades populaires s'enchaînaient les unes après les autres. Elle retira son peignoir encore en grelottant et se glissa rapidement dans le bain de mousse. En posant la nuque sur le rebord, elle ferma aussitôt les yeux.

Chapitre 43

— Vous avez une réservation ? lui demanda l'hôtesse dans le hall du restaurant italien.

— Je ne crois pas, répondit Sarah tout en cherchant Michael du regard.

— Je suis désolée mais c'est complet ce soir.

Sarah jeta un deuxième coup d'œil moins rapide à la recherche de Michael mais ne le vit pas.

— Un homme seul est-il entré vous mentionnant qu'une dame viendrait le rejoindre ?

La serveuse la regarda comme si elle venait de dire une bêtise.

— Plusieurs hommes sont arrivés ici seuls. Il a un prénom, celui que vous cherchez ? lui demanda l'hôtesse effrontée.

— Michael.

— Michael qui ? lui dit la jolie serveuse sans façons.

— Écoutez, mademoiselle ! Ce n'est pas parce que vous avez un joli visage, une taille de guêpe et des cheveux artificiels, tout comme vos seins, que vous pouvez prendre un ton si arrogant avec les clients. Je vais faire le tour de la salle à manger, dit Sarah, faisant fi de la serveuse en entrant dans le restaurant.

Elle vit Michael au fond de la salle. Il se leva et vint à sa rencontre.

— Désolée pour le retard dit Sarah.

Michael l'embrassa spontanément sur la joue. Elle figea, surprise de son geste amical.

— Pour quelques minutes, tu es pardonnée !

— J'ai eu une altercation avec l'hôtesse ! dit-elle.

— Ah oui ? Et pourquoi ? demanda-t-il, curieux.

— Elle avait un ton condescendant...

— C'est mon ex-petite amie, coupa-t-il.

— Ah ! Je comprends maintenant ! Je risque d'être expulsée ? blagua-t-elle.

Il la regarda pour la première fois d'un regard plus tendre qu'arrogant. Il prit son manteau et alla le déposer au vestiaire pour elle.

— Quelle galanterie, lui dit-elle lorsqu'il revint.

— Seulement avec les jolies femmes ! continua-t-il.

— Bonsoir ! Mon nom est Steve. Je serai votre serveur pour la soirée. Je peux vous servir un apéro ?

Sarah regarda Michael. Je vis son air embarrassé. C'était chaque fois la même chose, lorsqu'on lui posait cette question, surtout lorsqu'elle connaissait peu la personne qui l'accompagnait. Je le sus par son regard qui se baissa en direction de la table et à sa façon de se frotter les mains sur les genoux.

— Un Cinzano rouge sur glace, avec citron dit-elle.

— Un Saint-Raphaël blanc sur glace, sans citron, dit-il.

— Je reviens tout de suite, dit le serveur en les saluant du regard.

— Alors Sarah, comment vas-tu ?

— Plutôt bien malgré les derniers événements !

— J'ai lu ce qui s'était passé dans le journal ce matin. Quelle triste histoire, dit-il, l'air compatissant.

— J'aurais préféré que les choses tournent autrement.

— C'était un de tes amis ?

— C'était, mais ce ne l'était plus à la fin ! Il m'a fraudée en se présentant à la banque avec une de ses amies. Ils ont réussi à avoir une avance de fonds sur ma carte de crédit en imitant ma signature ! Puis quand il est revenu le jour du... elle ravala.

Il lui semblait difficile de parler de cet événement encore trop récent.

— ... il est revenu le jour du meurtre dans le but de me soutirer de l'argent. Je ne crois pas qu'il avait l'intention de me faire du mal. Lorsque j'ai tenté de me sauver, il m'a poursuivie et il m'a violentée quelque peu avant qu'un coup de feu soit tiré de derrière, l'atteignant en plein cœur.

— Et tu as une idée de qui a pu faire cela? demanda Michael, curieux.

— Je préférerais que nous changions de sujet.

— Désolé, s'excusa-t-il.

— Et toi? Que fais-tu dans la vie? lui demanda-t-elle afin de changer de sujet de conversation.

— Je suis agent immobilier pour une grande firme.

— Intéressant!

— Tu crois?

— Ce ne l'est pas? l'interrogea-t-elle.

— Bien sûr! Je m'occupe de vendre de gros immeubles à de grandes entreprises. Je suis dans les grosses affaires comme on dit! ajouta-t-il en souriant.

— Depuis combien de temps?

— Une bonne dizaine d'années déjà!

— Ce qui fait que tu dois avoir environ une quarantaine peut-être une cinquantaine d'années?

— Oh! oh! là! Je ne suis pas si vieux quand même! répliqua-t-il, presque vexé.

— Quel âge as-tu alors?

— Quarante-cinq! Et toi?

— Devine!

— Ah! Vous, les femmes! On ne peut jamais vraiment savoir votre âge!

— Allez! Je te promets de te dire la vérité si tu devines!

— Trente-huit.

— Non!

— Quarante?

— Presque!

— Quarante-deux?

— Non! J'aurai quarante ans dans quelques semaines! expliqua-t-elle.

— Et que fais-tu dans la vie?

À ses yeux qui regardèrent nerveusement de côté, je savais qu'elle cherchait quelque chose à inventer. Au même moment, le serveur arriva avec leur apéro.

— Un Cinzano pour madame et un Saint-Raphaël pour monsieur, dit le serveur, très poli.

Ils firent simplement un signe de la tête en guise de remerciement.

— Je travaillais sur de gros contrats, avoua Sarah.

— Travaillais?

Elle fit un signe affirmatif de la tête tout en levant son verre pour porter un toast.

— À notre premier souper! dit-elle, levant son verre plus haut.

— Et aux cent prochains autres! continua-t-il en lui faisant un magnifique sourire tout en la regardant droit dans les yeux.

— Je travaillais sur de gros dossiers avec de gros clients, dit-elle comme si elle voulait se moquer de lui.

— Et que s'est-il passé?

— C'est une longue histoire, mais pour abréger, je dirais que j'ai perdu mon boulot parce que j'ai eu un rendez-vous imprévu et urgent chez un notaire et que j'ai fait perdre notre plus gros client à la firme où je travaillais parce que j'ai écourté la séance de présentation pour aller rencontrer ledit notaire. Le client a annulé tous ses contrats et mon patron m'a virée! expliqua-t-elle candidement.

— Tu as l'air de bien l'accepter! Tu ne veux pas tenter de lui expliquer?

— J'ai essayé mais rien à faire. De toute façon, je n'ai pas l'intention d'y retourner.

— Tu n'aimais pas ton boulot? demanda-t-il en la regardant de plus en plus intensément.

— Disons que bien des choses ont changé et que j'ai d'autres priorités. Je crois avoir fait ce que j'avais à faire pour cette boîte. Maintenant je passe à autre chose.

— Et qu'as-tu l'intention de faire?

— Vivre mes rêves, dit-elle spontanément.

Elle porta son verre à ses lèvres et but une petite gorgée. Elle le reposa et prit le zeste de citron en l'enfonçant au fond du liquide rougeâtre avec le petit pic de plastique laissé dans son verre.

— J'aimerais bien en faire autant! Réaliser des rêves! dit-il, presque en soupirant.

— Et que ferais-tu?

181

Il regarda vers le mur et réfléchit. Son regard devint vague et son air pensif. Quelques secondes plus tard, il la regarda droit dans les yeux tout en buvant une gorgée.

— Je vivrais sur un bateau.

— Un bateau ?

— Oui ! Je vendrais tout et irais vivre sur un bateau. Je partirais à la découverte d'îles désertes et habitées, je traverserais les mers.

— Et tu le ferais seul ?

Il la regardait toujours en ne la lâchant pas du regard.

— J'aimerais bien le partager avec la femme de mes rêves !

— Et elle ressemblerait à qui, cette femme ? demanda-t-elle, l'air taquin.

— À toi, répliqua-t-il spontanément.

Je vis ses joues s'empourprer. Elle était mal à l'aise. Je reconnus la petite Sarah qu'elle m'avait décrite en parlant de son enfance. Elle avait de la difficulté à accepter les compliments et encore plus, cela l'intimidait lorsqu'ils venaient d'un homme qui lui plaisait.

— Et tu as des enfants, une famille ? lui demanda-t-elle, tentant de détourner l'attention.

— Pas d'enfant, un frère, et mes parents vivent toujours heureux ensemble.

— Tu en as de la chance !

— Je sais ! Mon frère et moi sommes très liés malgré que nous ne nous côtoyons pas beaucoup. Il a deux beaux enfants et vit en France. Mes parents, eux, vivent à deux rues de chez moi. C'est plus pratique lorsqu'ils ont besoin de petits services. J'aime bien les visiter plusieurs fois par semaine même si ce n'est que quelques minutes.

— Et pour les enfants ? Tu en veux ?

— Je suis trop vieux !

— Voyons ! Il y a des hommes qui sont pères dans la cinquantaine et même plus !

— Ce n'est pas pour moi !

— Et pourquoi n'en as-tu pas eus ?

Son regard sembla devenir triste. Il prit une gorgée

et baissa les yeux. Il avala lentement avant de continuer.

—J'ai perdu un enfant il y a longtemps.
— Désolée.
— Ça va! Tu ne pouvais pas savoir. J'ai eu un fils, il
y a une vingtaine d'années. Ma femme et moi étions si
heureux de la venue de cet enfant, Vincent. Il était notre
rayon de soleil. Un soir d'été, je jouais avec lui sur la
pelouse devant la maison. J'entends encore son rire et ses
cris de joie lorsque j'y repense. Il adorait jouer au ballon!

Il s'interrompit en souriant, probablement à la
pensée de ce souvenir, puis continua.

— Je tentais de lui apprendre à jouer au soccer. Il
courait vite pour un enfant de son âge. Puis...

Des larmes montèrent dans ses yeux noirs qui
brillaient malgré la tristesse que devait lui faire vivre le
souvenir de son fils.

— ... puis je frappai le ballon plus fort afin de le voir
courir plus vite, ce qu'il fit. Le ballon sortit de la pelouse,
roula sur le trottoir puis dans la rue. Le conducteur de la
Jaguar grise ne l'a jamais vu. Je n'ai entendu que le bruit de
son petit corps qui se fracassa au contact de la voiture.

Un long silence meubla la conversation qui se
poursuivit à travers leurs regards tristes et compatissants.

— On n'oublie jamais un enfant, osa-t-elle.
— Non, jamais.

Alors que j'étais témoin de leur première conversation, de leur découverte de l'un et de l'autre, je ressentis
un léger pincement au cœur, non pas de jalousie, mais au
souvenir de Sarah et de moi lorsque nous nous sommes
rencontrés. Nos après-midi meublés de longues conversa-
tions nous faisaient découvrir peu à peu qui était l'autre.
Malgré que je sache très bien qu'elle se doit de continuer
sa vie sans moi, je ne peux être insensible à ce début de
relation qui pourrait être amicale et peut-être plus.

— Et pour ta femme ?

— Après cette épreuve, nous étions tous les deux dévastés. Elle m'a longtemps indirectement accusé d'être responsable de la mort de notre fils malgré que nous sachions tous deux que c'était un accident. Cela a fini par nous détruire et nous éloigner.

— Et vous êtes séparés depuis combien de temps ?

— Plus de quinze ans ! Et je n'en garde aucun regret ! ajouta-t-il avec un léger sourire.

— Et tu n'as jamais voulu avoir un autre enfant ? Parfois ça peut aider à passer à autre chose, non ?

— Jamais un autre enfant n'aurait remplacé mon petit Vincent. Et je n'ai jamais par la suite rencontré une femme avec laquelle j'aurais eu le désir d'avoir un enfant.

— Peut-être un jour changeras-tu d'idée !

Il se redressa et s'assit droit. Il avait l'air agacé.

Et toi, Sarah ? Une belle femme comme toi, pourquoi n'as-tu pas eu d'enfant ?

— Infertilité.

— Désolé, dit-il, mal à l'aise.

— C'est à ton tour !

— Mon tour ?

— Ton tour d'être désolé ! dit-elle tout en prenant une autre gorgée.

— Tu as des parents, une famille alors ?

Elle but à son tour tout en croquant un morceau de glace. Elle baissa à son tour les yeux et joua avec le bâtonnet de plastique en faisant tinter les glaçons dans son verre.

— Je n'ai ni parents, ni frère, ni sœur.

— Oh ! C'est triste ! Tu veux...

— J'avais environ l'âge de ton fils Vincent lorsque je perdis mes parents, du moins c'est ce que ma grand-mère maternelle m'a raconté.

— Et tu veux me le raconter à ton tour ? osa-t-il avec délicatesse.

— Mes parents vivaient en banlieue et avaient décidé d'aller visiter ma grand-mère qui habitait un petit appartement en ville. Elle avait quitté la campagne en disant que la ville était un endroit beaucoup plus vivant pour une personne âgée. Elle aimait les sorties et avait, malgré son âge, beaucoup d'amies. Un dimanche de mars, mes parents décidèrent d'aller visiter ma grand-mère qui avait préparé un grand dîner pour la fête de Pâques. Le soleil était radieux malgré le froid. Ils m'emmenèrent avec eux, m'asseyant sur la banquette arrière. Nous n'habitions qu'à environ une cinquantaine de kilomètres de chez ma grand-mère. Sur la route, ma mère demanda à mon père d'arrêter chez le fleuriste afin d'acheter un bouquet pour ma grand-mère, ce qu'il fit. Nous avons quitté l'autoroute pour faire le plein d'essence et acheter les fleurs. Lorsque nous reprîmes l'autoroute, mon père accéléra alors que nous roulions sur la voie de service. C'est alors qu'une voiture qui arriva en sens inverse traversa le terre-plein et frappa de plein fouet notre voiture. Mes parents moururent sur le coup. Je survécus par miracle.

— C'est le cas de le dire, un vrai miracle.

— J'avais probablement quelque chose à faire ici, répliqua-t-elle.

« Ah oui, ma belle, tu avais sûrement de grandes choses à accomplir ! Ne serait-ce que de s'être rencontrés et de m'avoir permis de continuer mon chemin sereinement alors que je pensais, à un certain moment, mettre fin à mes jours, cela tient presque du miracle. Tu es et sera toujours mon ange, ma Sarah, malgré que ce soit moi qui sois ailleurs... »

— Salut, Sarah.

— Que fais-tu ici ?

— J'ai pensé venir manger au même endroit que toi ! Lorsque tu m'as téléphoné pour me dire que tu venais souper ici, j'ai trouvé l'idée bonne et j'ai réservé !

— Michael, je te présente ma meilleure amie, Lina, et son ami Angelo.

— Heureux de vous rencontrer à nouveau, dit Michael en se levant et en leur tendant la main.

Lina fit un clin d'œil à Sarah, voulant explicitement lui signifier qu'elle était contente qu'il se souvienne d'elle.

— Nous ne voulons pas vous interrompre. Vous aviez l'air absorbé dans vos propos. Nous ne serons qu'à deux tables de vous, dit Angelo en indiquant la seule petite table libre pour deux personnes.

— Bonne soirée à vous deux, dit Lina en faisant de nouveau un clin d'œil à Sarah.

— Charmante, ton amie, ajouta Michael.

— Je la considère comme ma sœur.

Ils tournèrent tous deux discrètement la tête, regardant Lina et Angelo s'installer à leur table.

— Il faudra être discrets, blagua Michael.

Sarah se contenta de sourire et vida son verre. Michael l'imita.

— Tu as faim? demanda-t-elle.

— Un peu! Et toi?

— Énormément, souffla-t-elle en accentuant le mouvement de ses lèvres afin qu'il puisse comprendre.

— À part les pâtes, tu voudrais prendre une entrée? proposa-t-il.

— Des escargots à l'ail gratinés? répliqua-t-elle presque l'eau à la bouche.

— J'adore les femmes qui savent ce qu'elles veulent! Je prendrai la même chose!

Ils tentèrent de repérer le serveur qui s'occupait d'autres clients à une autre table.

— Et après le décès de tes parents, qui s'occupa de toi?

— Jusqu'à l'âge de dix ans, j'ai vécu avec ma grand-mère qui déménagea dans la maison de mes parents afin que je n'aie pas à m'habituer à un nouvel environnement malgré que je fusse si jeune que je ne crois pas que cela m'aurait affectée. Mais bon, elle voulait mon bien. Elle s'occupait de moi et nous étions heureuses et très complices. Plus les années passaient, moins je réclamais mes parents. L'ennui que je ressentais au début faisait place à des questions sur leur personnalité, sur leur façon d'être, car je n'ai aucun souvenir d'eux.

Elle prit une pause. Le regret se lut sur son visage qui s'était légèrement assombri.

— Ils te manquent parfois? demanda-t-il d'un ton très doux.

186

— Pas vraiment, car je ne les ai pas connus. Ce qui me manque, c'est de ne pas savoir qui ils étaient.

— Alors, tu as passé toute ton enfance avec ta grand-mère?

— Seulement une partie. À dix ans, quelques jours après ma fête, je me suis levée et j'ai vu ma grand-mère étendue sur le plancher de la cuisine. Je me suis mise à hurler et suis sortie de la maison. Une voisine m'a entendu crier et est venue. Elle est entrée avec moi dans la maison et a appelé l'ambulance. Ma grand-mère est morte d'une crise cardiaque. Je me souviens bien de ses funérailles. Il n'y avait qu'une dizaine de personnes. Je ne comprenais pas vraiment comment elle était morte mais je savais très bien ce qu'étaient des funérailles car je lui avais demandé à plusieurs reprises de me raconter la brève histoire de mes parents décédés.

— Et qu'arriva-t-il ensuite?

— On me plaça dans une famille d'accueil, puis une autre. À dix-huit ans, j'en avais assez de vivre chez des gens que je ne connaissais pas. J'avais très hâte de me retrouver seule dans mon appartement. Ma grand-mère m'avait appris à cuisiner, à faire la lessive, à laver les planchers et je croyais qu'en me retrouvant seule, je retrouverais une partie de ce bonheur que je vivais avec ma grand-mère.

— Quelle triste histoire, dit-il en soupirant.

— Madame, monsieur, vous avez fait votre choix? interrompit le serveur.

Michael fit signe à Sarah de commander.

— Escargots à l'ail gratinés en entrée et linguines au poulet et au brocoli, s'il vous plaît.

— Même entrée mais comme plat principal, je prendrai les fettuccines Alfredo avec saucisses italiennes, commanda Michael.

— Merci, madame, monsieur. Je reviens dans quelques minutes, dit le serveur en retournant vers le comptoir pour donner la commande.

— J'ai vraiment faim, dit-elle.

— Tes amis ont l'air très amoureux, dit Michael en parlant de Lina et d'Angelo.

— Ce sont de nouveaux amoureux! C'est toujours beau comme cela au début, non?

Angelo tenait les mains de Lina posées sur la table. Il les caressait doucement tout en la regardant dans les yeux. Lina le regardait d'une façon aussi intense. Les yeux dans les yeux, légèrement penchés tous deux vers la table qui les séparait, ils semblaient profondément amoureux.

— Tu es célibataire depuis combien de temps? demanda Michael.

— Près de deux ans!

— Deux ans? Pourquoi aucun prince charmant n'a frappé à la porte de ton cœur?

— Parce que lorsque j'ai perdu le dernier des princes charmants, il a refermé la porte à double tour, continua-t-elle.

« Tu as aussi fermé la mienne à tout jamais, ma Sarah que j'aimerai toujours. Je te garde dans mon cœur et de là où je suis, je continue de t'aimer de tout mon être. »

— Et toi? Tu es célibataire depuis combien de temps?

— Trop longtemps! répondit-il en évitant son regard.

— Ce qui signifie? insista-t-elle.

— Que je n'ai rencontré personne qui en vaille la peine depuis près d'une décennie!

— Dix ans? Tu blagues non?

— Je suis sérieux! Je n'ai pas rencontré une femme vraiment intéressante depuis dix ans! J'ai fréquenté des femmes quelques mois, mais sans plus. Il faut dire qu'après ma séparation, je n'avais aucune envie de tenter de rebâtir ce qui venait de s'effondrer, même avec une autre personne. J'avais perdu mes illusions. J'ai alors décidé de m'investir dans mon travail et j'ai vite obtenu une promotion. J'ai ensuite occupé un poste où je devais me déplacer régulièrement et parfois même à l'étranger alors ce n'était rien de propice pour favoriser une vie de couple.

— Et ça te manquait d'avoir ta maison, ta famille?

— Pas vraiment! J'avais tourné la page et ma vie avait pris un virage si rapide que je n'ai pas vraiment réalisé dans quel tourbillon je me trouvais.

— Et aujourd'hui? lui demanda-t-elle avec un brin d'intérêt.

— Les choses changent, on vieillit.

— Ce qui veut dire ?

— Que si je rencontre une femme intéressante, je prendrai le temps de la connaître ! lança-t-il avec assurance tout en la dévisageant.

— Voici vos escargots, dit le serveur en déposant une assiette devant Sarah.

— Merci, dit-elle.

— Voilà pour vous, monsieur. Bon appétit ! dit poliment le serveur.

— Merci, dit Michael.

— Bon appétit, répéta Sarah.

— À toi aussi, lui dit-il en goûtant le premier escargot.

Ils dégustèrent leur entrée en silence, n'échangeant à l'occasion que quelques regards discrets. Sarah tournait par moments la tête, regardant sa meilleure amie du coin de l'œil.

— Tu sais, Sarah… commença Michael.

Le bruit d'un verre se fracassant sur le sol les fit sursauter. Des morceaux de verres arrivaient jusqu'à leurs pieds. La main de Lina avait frappé le verre de champagne posé devant elle alors qu'elle se levait de sa chaise. Sarah n'eut pas le temps de regarder son amie lorsqu'elle entendit un cri.

— Saraaaaahhhhhhhhhh !

Elle bondit aussitôt de sa chaise et courut vers son amie qui se tenait debout à moitié penchée.

— Oh ! mon Dieu ! Vite Lina, viens avec moi.

Sa petite jupe beige était maculée de sang à l'arrière et de longues coulées rouges descendaient jusqu'à dans ses sandales.

— Vite ! Appelle tout de suite une ambulance, Michael, cria Sarah en tenant son amie par le bras.

Chapitre 44

— Qu'est-ce que tu as, Marie ?
        — Rien, maman.
        — Alors, pourquoi fais-tu cette tête à la veille de Noël ?
        — Je m'ennuie.
        — Tu t'ennuies ? Mais pourquoi ? demanda mon ex-femme Julia.
        — Depuis combien de temps papa est-il mort ?

Je vis Julia se raidir. Ses mâchoires se serrèrent. Elle marcha en direction de Marie et s'assit près d'elle. Elle posa sa main sur les cheveux châtains de notre fille.

« Ce que tu peux me manquer en ce moment. J'aimerais tellement te serrer, te réconforter. Peut-être que si j'avais été là, nous serions à nous amuser ou à nous raconter des histoires, comme nous le faisions tous les deux assis par terre. »

        — Tu t'ennuies de ton père ?

Ma petite Marie a cette tristesse dans le regard que je ne lui connaissais pas. Voyant ses jolis yeux bruns fixer le sapin illuminé, je peux lire toute la peine sur son visage d'enfant.

        — Il me manque, répondit ma petite Marie.
        — Ça fait plus de deux mois et demi, bientôt trois mois en janvier, lui répondit doucement Julia tout en conti-

nuant de lui caresser les cheveux.

Quelle tendre image de les voir toutes les deux si proches et si tristes à la fois. Francis s'approcha de sa sœur et s'assit lui aussi près d'elle. Il passa son bras autour de son cou, comme je l'aurais fait, et la serra contre lui.

— Moi aussi je m'ennuie de papa. Tu sais, Marie, s'il le peut, il nous regarde sûrement. On dit qu'il doit veiller sur nous. J'aimerais moi aussi qu'il soit avec nous pour Noël, le premier sans lui. C'est difficile pour nous tous, tu comprends?

Elle fit signe que oui tout en posant sa main sur la cuisse de son frère. C'est étonnant de remarquer la complicité qu'ils ont développée depuis mon départ. Francis prend son rôle de grand frère très au sérieux. Je suis si fier de lui.

— Tu crois qu'il peut nous voir, de là où il est?

« Oui, ma petite, je te vois et je t'entends ! »

— Je ne sais pas, mais s'il le peut, il ne voudrait pas que nous soyons tristes, répliqua son frère.

Julia se leva et alla rejoindre son nouveau conjoint dans la salle à manger.
— Il me manque et je suis triste. Je n'ai pas toujours été gentille avec lui. Lorsqu'il était avec nous à la maison, quand il était malade, j'aurais dû lui parler plus de mon école, de mes amies. J'aurais pu l'aider quand il avait de la difficulté à marcher. J'aurais pu...
— Chut! Tu n'es qu'une enfant et je suis certain que papa ne t'en veut pas, coupa Francis.
— Il est parti trop vite, répliqua Marie.

« Pour ça, tu as bien raison ! Beaucoup trop vite ! Je n'ai même pas eu le temps de vous dire au revoir, de vous serrer dans mes bras, de vous dire combien je vous aime. On le réalise toujours après, toujours quand il est trop tard.

Surtout, n'aie aucun regret, ma petite Marie. Tu n'es qu'une enfant et un enfant n'est pas là pour prendre soin de ses parents. C'est plutôt le contraire. Personne, même pas moi, n'aurait pu prévoir que je quitterais ce monde si rapidement. La vie nous avait donné une chance d'être tous réunis quand j'étais en convalescence, mais personne ne savait que moins de deux ans après, ça serait la fin pour moi.»

— C'est vrai. Moi aussi il me manque. Mais on ne peut rien y changer, Marie. Il est parti et nous sommes restés. Ça aurait pu être nous qui partions avant lui.

Elle se colla contre son frère qui lui caressait le bras tout en retenant ses larmes.

«Ding dong!»

— J'y vais, cria Marie en se levant et en courant vers la porte d'entrée.

Francis s'essuya rapidement les joues. Les premiers invités arrivaient pour le souper de la veille de Noël.

Chapitre 45

— Joyeux Noël, Sarah!, cria Lucie lorsque Sarah décrocha le combiné.

— Joyeux Noël, Lucie.

— Tu as quelque chose de prévu pour la veille de Noël? demanda Lucie.

— Rien de spécial. J'irai peut-être à la messe de minuit, répondit Sarah sans enthousiasme.

— Tu es seule?

— Oui.

— Tu veux venir dans ma famille? J'y vais seule.

— Non merci, Lucie. C'est sympa de me l'offrir mais je préfère rester ici.

« Bip bip! »

— C'est ta ligne ou la mienne? demanda Lucie.

— La mienne. Attends-moi une seconde.

Un déclic se fit entendre. Sarah pressa un bouton pour prendre le deuxième appel.

— Allo?

— Sarah? dit une voix masculine.

— Oui!

— C'est Michael. Ça va?

— Ah! bonsoir, Michael. Oui, ça va! Je suis déjà en conversation avec Lucie sur l'autre ligne.

— Tu veux que je te rappelle?

— Non! Si tu veux patienter, je finis avec elle et te reviens de suite.

— D'accord, répondit-il, le sourire dans la voix.

— Lucie?

— Oui!

— Je te laisse. Michael attend sur l'autre ligne.

— Il t'a invitée? demanda Lucie, curieuse.

— Bah non! Je ne l'ai que salué!

— Tu me promets de ne pas rester seule pour la veille de Noël?

— T'en fais pas Lucie! Allez! Bonne soirée et joyeux Noël!

— Appelle-moi quand tu veux, si tu as le goût de discuter.

— D'accord! Bye bye, coupa Sarah.

Elle pesa rapidement sur le bouton, ne laissant pas la chance à Lucie de lui répondre.

— Sarah? demanda Michael.

— Oui, je suis là!

— J'ai cru que la ligne avait été coupée. Alors, tu as des projets pour ce soir?

— Non! Peut-être seulement aller à la messe de minuit, dit-elle en prenant le temps de prononcer chaque syllabe.

— Tu as l'air triste, je me trompe?

— Oui et non. Je ne suis pas triste mais plutôt inquiète au sujet de Lina.

— Tu as des nouvelles?

— Elle est toujours à l'hôpital. Je l'ai trouvée affaiblie quand je l'ai visitée. Elle ne sortira que dans quelques jours, selon elle.

— Tu sais ce qui s'est passé, l'autre soir au restaurant?

— Elle aurait fait une hémorragie et une fausse-couche.

— Elle était enceinte? dit Michael, surpris.

— Elle ne le savait pas! Ce fut une surprise, puis une déception.

— Mais elle ne connaît Angelo que depuis peu, non?

— Effectivement! Mais bon! Elle aurait aimé avoir cet enfant à ce qu'elle me disait.

— Ah bon! Et pour ce soir, tu veux de la compagnie?

Sarah hésita. Elle n'était vêtue que d'un vieux pyjama confortable. Ses cheveux étaient décoiffés mais elle était magnifique malgré qu'elle n'eût aucune trace de maquillage. Elle se leva du canapé, se dirigea vers la petite table appuyée contre le mur et prit le cadre posé sur celle-ci.

« Tu te souviens ? Nous avions demandé à un passant de prendre cette photo le jour où nous étions à la plage. Vêtus simplement de maillots de bain, assis tous les deux sur une serviette de plage, le bonheur se lit tellement sur nos visages qu'on en oublie que c'est une photo. »

— Tu es là ? demanda Michael.
— Désolée. Je réfléchissais.
— Je te dérange ?
— Non, non, ça va, excuse-moi !, dit-elle d'un ton plutôt doux.
— Alors, tu veux que je t'accompagne ?
— Pourquoi pas ! dit-elle sans émotion.
— Tu préfères être seule ?
— Non, ça va. Je vais me préparer. Tu veux venir manger une tourtière avant d'aller à l'église ?
— Tu cuisines ?
— J'ai mes secrets ! Alors, tu veux partager une tourtière vers vingt heures ?
— J'apporte le vin !
— À plus tard, dit-elle en raccrochant aussitôt.

Elle se dirigea vers la salle de bain avec une démarche démontrant un certain regain d'énergie. Elle ouvrit les robinets de la douche et entra en chantonnant.

« Je préfère te voir comme cela ! J'aurais adoré être à tes côtés et avoir la chance de t'accompagner à la messe de minuit. Nous n'en avons jamais eu l'occasion du temps où nous nous fréquentions. Que de choses n'avons-nous pas eu le temps de partager… »

« La, la la, la la la la laaaaaaaaaaaaaaaa », chanta-t-elle.

« Je me souviens que lorsque tu chantais de cette façon, c'était que tu étais heureuse. Peut-être Michael est-il la source de ce bonheur soudain ? »

« Ah ! Gabriel ! Je pense encore et toujours à toi ! C'est fou mais c'est comme ça ! Je ne peux te sortir de mon esprit et tu es plus présent que jamais. Par moment, j'ai la sensation que tu es si près. Michael veut prendre un peu plus de place dans ma vie, mais je ne sais encore si je suis prête à cela. Tu me manques encore tellement. Ce soir, j'aurais aimé marcher sous les flocons avec toi, aller à la messe de minuit, respirer l'air chaud de l'église et respirer l'odeur des lampions qui brûlent pendant que les enfants braillent et que les plus vieux toussent », songea-t-elle.

« Même éloignés comme nous le sommes, je sens encore ce soir que nous avons toujours cette complicité, ces idées simultanées. L'avantage maintenant c'est que j'en suis témoin encore plus car je peux t'entendre malgré mon absence. Hélas, nous ne pouvons partager tout cela ensemble. Un jour peut-être... »

Chapitre 46

— Joyeux Noël, Sarah, dit Michael en lui tendant une boîte joliment emballée.

Les joues de Sarah s'empourprèrent.

— Un cadeau ? Pourquoi as-tu fait cela ! Je n'ai rien pour toi, répliqua-t-elle visiblement intimidée.

— C'est Noël, non ? Et j'avais envie de te faire une surprise ! répondit-il tout en lui faisant un sourire magnifique.

— C'est réussi, répondit-elle en prenant la boîte et en se dirigeant rapidement à la cuisine.

— Tu as besoin d'aide ? lui offrit Michael.

— Non ! Assieds-toi, je reviens de suite. Tu as apporté du vin ?

— Bien sûr !

— Tu veux l'ouvrir pendant que je sers la tourtière ?

— Avec plaisir ! Je peux enlever mon manteau auparavant ?

— Oh ! Oui ! dit Sarah, réalisant sa maladresse.

Elle était nerveuse. Elle s'affairait à la cuisine, mais elle tournait en rond. Elle se brûla en ouvrant la porte de la cuisinière lorsqu'elle sortit la tourtière presque trop cuite. Elle déposa le tout sur la cuisinière et referma la porte avec fracas.

— Ça va, Sarah ? Tu es certaine que tu n'as pas besoin d'aide ?

— Ça ira ! dit-elle en faisant couler de l'eau froide sur son poignet rouge.

Elle prépara les assiettes avec soin en déposant dans chacune d'elle un généreux morceau de tourtière accompagné de légumes verts, de carottes et de pommes de terre en purée. Elle ajouta un soupçon de ketchup de la grandeur d'une pièce de monnaie afin de donner encore plus de couleurs à l'assiette déjà colorée de tons de rouge pour l'occasion.

— Wow ! C'est magnifique ! s'exclama Michael à la vue des assiettes.
— Bon appétit, dit Sarah, quelque peu timide.
— Attends ! C'est tellement joli ! Tu as un appareil photo ?
Sarah rougit à nouveau et se leva.
— Je vais le chercher.
— Viens ! Je vais prendre une photo de toi, fit Michael en lui tendant la main.
— Non, de toi ! répliqua Sarah.
— Une chacune, termina Michael.

« Vous êtes charmants ! À votre tour, vous commencez à cumuler des souvenirs. Dieu que tu es belle ce soir, Sarah ! Michael peut être fier d'être auprès de toi. S'il se sent comme je l'étais au début de notre relation, il est sûrement déjà fou de toi ! »

— Allez, un petit sourire, Michael, dit-elle, le voyant plutôt sérieux.
« Clic ! », fit l'appareil.
— Quelque chose ne va pas ? lui demanda Sarah.
Il la regarda avec un demi-sourire. Son regard se promena de ses hanches à ses yeux et la fixa.
— Tu es belle, Sarah, lança-t-il simplement.
— Allez, on mange, fit-elle, gênée.
— Regarde-moi, dit-il, toujours en la fixant.
Elle leva le regard vers lui et posa ses mains sur la table, telle une enfant à qui l'on demande de s'arrêter pour écouter.
— Tu es vraiment très belle, Sarah.
Elle soutint son regard. Ses mains restèrent posées sur la table, au même endroit, et elle ouvrit les doigts, posant

complètement la paume contre la nappe. Je vis les traits de son visage s'adoucir et un brin de joie illuminer ses yeux.

— Toi aussi, tu es vraiment très joli, osa-t-elle en le regardant droit dans les yeux.

Je donnerais tous les jours d'éternité qu'il me reste pour être avec elle en ce moment. Avec tout l'amour que je lui porte, je reste encore étonné de ne pas ressentir un brin de jalousie. C'est étrange comment d'ici on peut voir la vie d'une autre façon.

Quelques secondes s'écoulèrent avant que Michael verse le vin dans les coupes. Lorsqu'il termina de servir le vin, il leva la sienne pour porter un toast. Sarah l'observait en silence avec un regard plus attentionné.

— À ce premier Noël ensemble, dit-il simplement.
— À nous ! dit-elle en levant sa coupe et en soutenant son regard.

Il ferma les yeux, dégustant avec plaisir le vin qui roulait dans sa bouche. Sarah, elle, se contenta de prendre une gorgée et de l'avaler presque aussitôt.

— Que je suis choyé ! finit-il par dire après avoir avalé lentement sa gorgée de vin.
— Pourquoi dis-tu cela ?
— Je bois un vin délicieux, je partage un repas copieux et suis en compagnie d'une femme ravissante. Que puis-je souhaiter de plus ?
— Te faire bronzer sous les palmiers ? blagua Sarah.
— Justement, je voulais t'inviter !
— Quoi ?
— Tu viendrais en vacances avec moi ?
— On se connaît à peine ! dit-elle, fort surprise.
— D'autant plus ! Cela nous donnera l'occasion de mieux nous connaître ! dit-il en riant.
— Tu me surprendras toujours !
— Alors, tu acceptes ? insista-t-il.
— C'est une blague ? C'est charmant de ta part, mais quand je veux aller en vacances, j'y vais et je ne planifie

pas toujours à l'avance !

— Parfait ! Alors quand partons-nous ? continua-t-il, l'air mi-sérieux.

— Tu es vraiment sérieux ?

— Pourquoi pas ? Allez ! On pourrait partir en janvier, après le temps des fêtes ! lui proposa-t-il.

Elle le regarda en souriant tout en se grattant machinalement la nuque, puis la tête. Elle réfléchissait et hésitait. Il avait réussi à la surprendre et à la déboussoler. Elle coupa un morceau de tourtière qu'elle porta rapidement à sa bouche.

— Tu aimes ? demanda-t-elle tout en mastiquant.

— Tu n'as pas répondu à ma question ! poursuivit-il.

— Oui, oui. J'irai ! De toutes façons, devant un verre de vin, tout est possible. Le jour de la réservation, c'est une autre histoire ! dit-elle, le narguant légèrement.

— Tu veux parier ?

— Un billet d'avion ? continua-t-elle.

— Vendu !

— Que veux-tu dire ?

— Que j'ai acheté les billets !

— Tu es fou ?

— Peut-être ! dit-il tout en prenant un morceau de tourtière.

Elle posa sa fourchette sur la table et ses mains sur ses cuisses. Il éclata de rire.

— Tu me fais marcher, dit-elle.

— Courir !

— Ah ! Michael ! Ce n'est pas amusant ! J'ai cru l'espace d'un moment que tu étais sérieux.

Il se leva. Elle le regarda. Il alla dans la cuisine et revint avec la boîte qu'il lui avait offerte en arrivant. Elle écarquilla les yeux.

— Ouvre-la, lui dit-il en se tenant debout devant elle.

— Assieds-toi, lui demanda-t-elle en tirant une chaise près d'elle.

Elle prit la boîte et la déballa avec précaution. Elle commença par défaire l'immense ruban rouge relié à une boucle soigneusement nouée. Elle n'osa à peine déchirer le papier aux tons de rose et de rouge qui couvrait la boîte aussi grande que le tiroir d'un classeur.

— Allez, déchire-le! s'impatienta Michael en pointant du doigt le papier.

Elle ouvrit la boîte avec précaution. Des morceaux de papier de couleur rouge, rose, blanc remplissaient toute la boîte. Elle fouilla à l'intérieur.

— Il n'y a rien.

— Plonge les deux mains!

Ce qu'elle fit avec empressement. Ses mains se promenaient à l'intérieur de la boîte à la recherche de l'objet mystérieux. Soudain, ses doigts touchèrent une enveloppe.

— Ça y est, dit-elle excitée en sortant l'enveloppe rose.

— Ouvre! dit Michael, le regard pétillant.

Elle déchira le bord de l'enveloppe collée qui contenait une petite pochette pliée. Elle l'ouvrit et y découvrit un bout de papier.

American Airlines
Billet de passage et bulletin de bagages
Donovan / Sarah / Mme
Départ: le dimanche 22 janvier 2006 de Montréal-Trudeau à Montego Bay
Retour: le samedi 11 février 2006

— Jamaïque? dit-elle, ébahie.

— C'est suffisant, trois semaines? dit-il excité en voyant l'effet que son cadeau faisait.

Elle leva la tête et le regarda. Elle resta figée sur sa chaise, regardant à nouveau le billet d'avion qu'elle tenait entre ses mains tremblantes.

— Le Sandals! Mais tu es complètement fou! Ça coûte une fortune!

— Ma tourtière refroidit! s'exclama-t-il tout en se levant et retournant s'asseoir à sa place. C'était à son tour d'être intimidé. Elle se leva et alla le rejoindre. En s'approchant de lui, elle mit les mains autour de son cou, les bras tendus.

— Michael. C'est beaucoup trop. Je ne comprends pas pourquoi tu m'offres un tel présent!

— Il n'y a rien à comprendre. Dis-moi simplement merci, dit-il en la regardant avec tendresse.

Elle soupira.

— Merci, Michael. Je ne sais que dire.

Il s'approcha et déposa un baiser sur ses lèvres. Elle inclina légèrement la tête et resta immobile prolongeant son baiser avec passion.

D'être témoin de leur premier baiser me fait un effet que je ne saurais exprimer. Et pourtant, je sais bien que Sarah m'aime.

— Désolé d'avoir osé, dit-il tendrement.

— Ce sera mon cadeau de Noël, répliqua-t-elle en se dégageant.

— Je peux en avoir à volonté? dit-il pour la taquiner.

Elle retourna s'asseoir, les joues rouges et le sourire aux lèvres.

— Bon appétit, fit Michael en levant à nouveau sa coupe pour la saluer tout en lui soufflant un baiser.

Chapitre 47

— Alors, nous y allons, à cette messe de minuit ? dit Sarah tout en débarrassant la table.

— Quand vous le désirerez, chère mademoiselle, répondit Michael, légèrement sous l'effet de la bouteille de vin qu'ils avaient vidée ensemble.

— Je préfère m'y rendre en marchant, dit-elle.

— De toutes façons, je ne suis pas en état de conduire, dit-il en feignant de perdre l'équilibre.

La neige tombait abondamment en gros flocons. Comme si la magie de cette nuit s'était mêlée à la magie qui naissait doucement entre eux, je les voyais marcher côte à côte, bras dessus, bras dessous, tout en riant par moment. Leurs traces de pas laissées dans la neige me laissaient un sentiment de nostalgie. Tant de fois nous avions, Sarah et moi, fait de longues promenades l'hiver lorsque les soirées étaient douces et que le ciel déversait sur nous des milliers de flocons.

— Tu vas à la messe ? lui demanda-t-elle tout en lui serrant le bras.

— Jamais !

— Oh ! Et pourquoi ce soir, alors ?

— Pour t'accompagner ! dit-il en la regardant presque amoureusement.

— J'aurais pu y venir seule, tu sais !

— Mais c'est toujours mieux à deux ! rétorqua-t-il.

Elle se colla légèrement contre lui. Je le vis se tenir

plus droit. Elle lui faisait sûrement de l'effet! D'ailleurs, personne ne pouvait rester totalement indifférent à une femme telle que Sarah. Près d'elle, un homme ne peut que se sentir heureux et fier de marcher à ses côtés.

— Tu me promets d'être sage? lui demanda-t-elle, prenant un ton maladroitement autoritaire.

— C'est une tradition pour toi d'aller à la messe de minuit? demanda-t-il, évitant de répondre.

— J'aime bien y aller à cette période de l'année. C'est différent des autres fois! répondit-elle.

— Parce que tu y vas, en d'autres temps?

Elle se contenta de sourire et garda le silence. Je la vis pencher légèrement la tête vers l'arrière et respirer profondément. Les flocons de neige lui tombaient sur le nez, le front, les joues, fondant instantanément au contact de sa peau.

« Je suis avec toi, mon bel ange! Tu te souviens lorsqu'on s'amusait à compter les flocons qui tombaient sur nos visages? Tu gagnais toujours en comptant plus rapidement que moi. Que j'aimais te voir ouvrir la bouche et tirer la langue! Ta spontanéité enfantine me charmait chaque fois. Pourtant, ce soir, tu me sembles différente. À mes yeux, tu sembles avoir perdu un peu de cette naïveté que l'on partageait. »

— Nous y sommes! Tâche d'être sage! lança-t-elle, une fois arrivés.

Ils gravirent les marches en silence et entrèrent dans l'église. L'odeur des lampions embaumait l'air et les voix des chanteurs de la chorale résonnaient. Sarah passa devant lui puis s'avança dans l'allée centrale. Il la suivait de quelques pas. Elle choisit un banc à sa gauche, au centre de l'église.

Je la vis s'agenouiller et croiser les mains. Faisant fi de tout ce qui se trouvait aux alentours, même de Michael, elle se recueillit. Pour la première fois, j'eus la sensation que je devais m'éloigner; non pas parce que je ne voulais plus la regarder mais plutôt par respect pour elle, pour ses pensées. Pour la première fois, j'eus plutôt l'impression d'être un intrus. Après tout, elle avait droit à ses pensées, ses prières, ses propres réflexions et je ne voulais pas m'immiscer dans ce qu'elle avait de plus intime. Pour cette fois je me contentai de la regarder de loin, d'assister tel un spectateur plutôt qu'un voyeur.

« *Moi aussi, je prie pour toi, ma belle Sarah. Tu es toujours dans mes pensées et je ne t'oublie pas, jamais, jamais. Reste comme tu es, mon ange, car tu es si attachante, si vraie. Tu n'as pas peur de démontrer tes croyances en faisant abstraction de ce que les gens, même Michael, pourraient dire ou penser. Tu es toi et c'est ce qui fait que tu es si merveilleuse à mes yeux.* »

Michael s'approcha d'elle lorsqu'elle se rassit sur le banc de bois. Il remarqua les larmes dans ses yeux et lui prit la main. Elle la laissa dans la sienne sans la repousser. Les voix se turent et une voix masculine, en écho, débuta la cérémonie. Je la vis presque aussitôt sursauter. Elle mit la main dans la poche de son manteau bleu foncé qui lui seyait à merveille. Elle consulta l'écran de son portable qu'elle avait laissé ouvert en mode vibration.

— Centre de santé, lut-elle rapidement.

— C'est l'hôpital, murmura-t-elle à l'oreille de Michael.

— L'hôpital ?

— Probablement pour Lina.

— Chuuuuuuuttttttt ! fit une dame au chapeau de fourrure en se retournant.

— On m'a laissé un message, continua Sarah, ignorant l'impatience de la dame âgée.

En silence, elle se leva.

— Que fais-tu ? demanda Michael, surpris.

— Je vais vérifier mon message, dit-elle en enjambant presque Michael.

Il lui tint le bras pour la retenir. Elle lui jeta un regard ferme et s'éloigna. Il comprit que peu importe ce qu'il pouvait lui dire, elle n'avait qu'une idée, sortir pour savoir ce que contenait ce message. Il la laissa partir seule croyant qu'elle reviendrait rapidement.

Chapitre 48

— Tu as fait vite! s'exclama Lina en apercevant Sarah qui entrait dans le hall.

— Je ne pouvais faire attendre ma meilleure amie la nuit de Noël! dit Sarah en l'embrassant sur la joue.

— Michael est dans la voiture? s'informa Lina.

— Non!

— Il t'attend à la maison?

— Je l'ai laissé à l'église! dit Sarah en souriant.

— Tu l'as laissé? reprit Lina en pouffant de rire.

— Et en plus, il ne va jamais à l'église!

— Ha! ha! ha!Ho! Ho! Ho! (n.b. pour faire une blague à l'occasion de la fête de Nôel. Intention d'imitier le Ho Ho Ho du père Noël)

Elles riaient de bon cœur.

« Qu'il est bon de vous entendre rire! Ton rire si spontané, si communicatif, j'aimerais l'entendre encore et encore, de plus en plus chaque jour!»

— Mais pourquoi, ha! ha! ha! pourquoi, mais pourquoi as-tu fait cela? demande péniblement Lina en riant aux éclats.

— Ma meilleure amie me réclamait, alors je suis venue aussi vite que j'ai pu! J'ai couru jusqu'à la maison pour prendre la voiture et je suis venue aussitôt.

— Et tu crois qu'il est toujours assis à t'attendre en assistant à la messe? continua Lina toujours en riant.

— À cette heure, il a probablement communié! dit Sarah tout en reprenant son souffle.

Son portable sonna au même moment.

— Qui est-ce ? répondit Sarah tentant de ne pas rire.

— Où es-tu ? Ça fait plus de trente minutes que j'essaie de t'appeler ! dit Michael, visiblement agacé.

— Je reviens vers l'église ! Je sors à peine de l'hôpital avec Lina.

— Inutile, je n'y suis plus, coupa-t-il d'un ton sec.

— Tu es fâché ?

— Pourquoi ne répondais-tu pas ? demanda Michael, impatient.

— La sonnerie de mon portable devait être au minimum, répondit-elle toujours en riant.

— Ce n'est pas marrant ce que tu as fait, tu sais !

— On se rejoint à la maison ? Nous pourrions fêter Noël avec Lina, demanda-t-elle d'un ton mielleux.

— Bof ! Je rentre chez moi. Restez entre copines !

— Attends-moi une seconde. Que dis-tu Lina ?

Il les entendit murmurer quelque chose.

— Bonne soirée, Sarah ! On se rappelle demain.

Il raccrocha.

— Je crois qu'il n'a pas apprécié, fit Sarah en regardant Lina, surprise.

— Rappelle-le. Allez ! C'est pas sympa le soir de Noël de lui faire une telle blague. De toutes façons, je préfère rentrer à la maison. Venez tous les deux si tu veux, j'appellerai Angelo ! Peut-être se joindra-t-il à nous après sa réunion familiale, poursuivit Lina, inquiète pour Sarah.

— Tu es certaine ? Nous pourrions discuter entre filles ! continua Sarah.

— Allez, rappelle-le, insista Lina.

Sarah reprit son portable et appuya le bouton du dernier numéro composé. Elle entendit trois sonneries avant d'entendre enfin le message de Michael.

« Vous avez joint Michael. Désolé de ne pouvoir vous répondre à l'instant. Laissez-moi un message et je vous rappellerai rapidement. »

« Bip ! », fit le signal de la messagerie vocale.

Sarah raccrocha et rappela à nouveau.

— Il n'entend probablement pas la sonnerie, dit Sarah, perdant graduellement son sourire.

« Vous avez joint Michael. Désolé… »

Elle raccrocha et recomposa une troisième fois.

— Il ne répond pas? demanda Lina.

Sarah fit signe que non. Elle écouta et finit par dire:

— Salut, Michael! C'est la troisième fois que je t'appelle. Si tu entends le message, rappelle-moi. Je vais chez Lina. Ce serait sympa que tu nous y rejoignes. J'espère que tu viendras. Je... elle hésita et reprit:

— ... Je suis désolée. Je ne voulais pas te froisser, puis elle raccrocha, l'air songeur.

— T'en fais pas, il rappellera, dit Lina pour l'encourager.

Elles roulèrent une bonne quinzaine de minutes en silence jusqu'à l'appartement de Lina.

— Tu as mal? demanda Sarah lorsqu'elle vit Lina grimacer.

— Ça ira.

— Tu es certaine?

— T'en fais pas pour moi. J'ai tellement hâte d'être à la maison, je déteste les hôpitaux.

— On y est, répondit Sarah.

Elle sortit presque en courant pour ouvrir la porte à Lina. Elle avait cette façon naturelle de se porter au secours des gens, que ce soit pour les aider à faire quelque chose ou tout simplement pour leur dire une parole d'encouragement, mais jamais en prenant un ton de pitié. Elle avait cette force de caractère tout en dégageant une grande douceur.

— Appuie-toi sur mon épaule.

— Je ne suis pas à l'article de la mort! Je peux marcher seule! répliqua Lina.

— D'accord! Fais-moi signe si tu as besoin! fit Sarah en s'éloignant rapidement.

— Tu as les clés? demanda Lina.

— J'ai toujours le double de ta clé dans mon trousseau, répondit-elle sans se retourner.

— Tu peux m'aider à marcher? demanda Lina.

— Ah bon! Madame a besoin d'aide maintenant? fit Sarah en la taquinant.

— Outch! lâcha Lina en se pliant parce qu'elle avait ri.

— C'est douloureux? demanda Sarah.

— Un peu, fit Lina, toujours courbée.

— Une bonne tisane, une couverture et t'allonger sur le canapé te feront le plus grand bien, dit Sarah d'un ton protecteur.

Lina leva les yeux au ciel en soupirant.

« Driiiiinnnnnnggggggg ! », sonna faiblement le portable de Sarah.

— Oui ?

— Sarah ?

— Oui, Michael ! Tu viens nous rejoindre ?

— Tu as entendu la sonnerie ? J'ai cru que j'atteindrais ta messagerie encore une fois ! fit-il.

— Je n'étais pas certaine de l'avoir entendue car le volume est à son plus bas. Alors, tu te joins à nous ?

— Je ne sais pas, dit-il, hésitant.

— Je fais bouillir l'eau. Nous t'attendons, dit-elle, puis raccrocha, ne lui laissant pas le temps de répondre.

— Alors, il viendra ? demanda Lina.

— Je crois que oui ! fit Sarah tout en déverrouillant la porte.

Chapitre 49

« Ding dong ! », fit le carillon de la porte d'entrée.
Sarah se leva d'un bond, alors que Lina resta étendue sur le canapé, couverte d'une chaude couverture en polar rouge.

— Je suis contente que tu sois venu, dit aussitôt Sarah en apercevant Michael sur le seuil de la porte.

Il s'approcha et la serra spontanément dans ses bras. Je remarquai son mouvement de recul. Elle se détendit, puis l'enlaça. Elle n'avait pas l'habitude de ce genre de familiarité, d'autant plus que, la connaissant, je sais qu'elle a toujours une certaine crainte lorsque de tels gestes sont posés par des gens qui pourraient l'intéresser, voire même gagner son cœur.

— Joyeux Noël, Michael, dit-elle en l'embrassant rapidement sur la joue.

À son tour d'être surpris, il la regarda et l'imita ne sachant trop que faire.

— Donne-moi ton manteau, dit-elle en se dégageant de son étreinte et en ouvrant le placard.

Il retira et lui tendit son lourd manteau bleu foncé ainsi que son foulard. Sarah les prit rapidement et les rangea. Elle passa devant lui en marchant jusqu'au salon.

— Bonsoir, Lina ! Comment vas-tu ? demanda Michael.

— Beaucoup mieux depuis que je suis chez moi. C'est sympa que tu sois venu, dit-elle visiblement heureuse de le voir.

— Joyeux Noël, dit-il en s'approchant doucement.

— Joyeux Noël, fit Lina en tendant la joue.

Elle rougit. Elle masquait maladroitement l'effet qu'il lui faisait. Elle l'avait remarqué dès le premier soir à la discothèque et il était évident qu'il ne la laissait pas indifférente. Il lui tendit une petite boîte garnie d'un ruban de velours rouge qu'il avait cachée sous son gilet de laine de même couleur. Lina le regarda avec la joie qui lui pétillait dans les yeux malgré la douleur.

— Un cadeau ? dit-elle, étonnée.

— Une surprise, répliqua-t-il.

— Mais je n'ai rien acheté pour personne ! dit-elle.

— C'est beaucoup mieux comme ça, interpella Sarah.

— Qu'est-ce que c'est ? demanda Lina, visiblement très contente de cette surprise.

— Ouvre, répondit simplement Michael.

Elle défit lentement et avec précaution le ruban ainsi que le papier d'emballage. Elle finit par ouvrir la boîte et laissa échapper :

— Oh !

— Montre-moi ! Qu'est-ce que c'est ? demanda Sarah, curieuse.

— C'est juste pour moi ! répliqua Lina, taquine comme elle avait l'habitude de l'être.

— Allez, montre-moi, qu'est-ce que c'est ? demanda à nouveau Sarah, anxieuse de voir le contenu de la boîte.

— C'est un déshabillé ! s'exclama Lina en prenant un air gêné.

Sarah devint rouge et figea. La surprise était totale. Elle alla s'asseoir sur l'autre canapé sans rien dire. Elle regarda Michael qui s'était empourpré autant qu'elle. Le silence était palpable. Sarah était assise à l'extrémité du canapé et Michael à l'autre. Lina était seule avec sa boîte et sa couverture et les regarda l'un après l'autre. Elle sentit le malaise et garda le silence jusqu'à ce qu'elle n'en puisse plus et éclata de rire.

— Ce sont... ha ha ha ha !, outch... ce sont des... des... des... ce sont ah ah ah... des chocolats fins ! dit-elle enfin entre deux grimaces.

— Ah, toi ! dit Sarah en lui lançant un coussin.

Michael resta immobile, figé, le visage rouge et avec un léger sourire. Lina l'avait pris par surprise et déstabilisé.

— Pourquoi n'as-tu rien dit ? demanda Sarah.

— Je croyais m'être trompé de boîte! dit Michael.

Ils se regardèrent tous les trois mi-surpris puis éclatèrent de rire en chœur.

« J'aimerais tant être parmi vous! Lina serait bien heureuse d'être la petite amie de Michael et je suis certain que nous aurions aimé les fréquenter. »

— Je n'ai fait aucun cadeau cette année, dit Sarah tout en s'asseyant par terre sur le tapis.

— Moi non plus, continua Lina, toujours allongée sur le divan.

— C'est pour cela que je voulais vous surprendre, mesdemoiselles, poursuivit Michael tout en s'asseyant par terre près de Sarah, leur dos appuyé contre l'autre canapé.

— J'ai eu un cadeau magnifique, dit Sarah en regardant Lina.

— Du genre un voyage aux Îles coin coin? dit Lina à la blague.

— Tu n'es pas loin!

— Quoi? dit Lina en se redressant.

— Michael m'a offert un voyage en Jamaïque pour trois semaines!

— Tu es fou? dit Lina en le regardant.

— C'est exactement ce que je lui ai dit, continua Sarah.

— J'aurai un faire-part, au moins? dit Lina.

Sarah rougit à nouveau. Michael ne dit rien et se contenta de sourire.

— Ne dis pas de stupidité Lina.

— Je crois que vous êtes sérieusement en état de devenir amoureux, vous deux, n'est-ce pas? demanda Lina d'un ton moqueur.

Le silence et leur regard en dirent long, très long. Ils se regardaient maintenant en soutenant leur regard et en faisant fi de la présence de Lina. Michael s'approcha un peu plus de Sarah et passa son bras autour de son cou. Lina les observait en souriant. C'était évident qu'elle était heureuse pour son amie, tout comme je pouvais l'être, moi aussi, à ce moment.

Malgré les sentiments profonds qui m'habitent toujours, je ne peux qu'être heureux pour elle. Je ne suis plus là et elle mérite plus que tout d'être bien. D'ailleurs, c'est plutôt moi qui devrais prendre une pause. Peut-être suis-je à perdre mon temps à la regarder ? Mais qu'est-ce que le temps maintenant, pour moi ? Peut-être deviendrai-je de plus en plus triste de la voir au fur et à mesure s'attacher à lui ? Peut-être devrais-je prendre un peu de recul ? Et s'il lui arrivait quelque chose ? Et puis, après tout, que pourrais-je faire de toute façon ? Je ne sais que faire.

— J'ai voulu faire une surprise à Sarah et aussi lui démontrer que... Il hésita.

— Que tu voulais passer un peu de temps avec elle ? compléta Lina.

— C'est ça ! dit-il en regardant Sarah tendrement.

— Je suis vraiment heureuse de pouvoir partir. Nous pourrons un peu mieux nous connaître, continua Sarah.

— Pour le connaître, il est certain que tu le connaîtras beaucoup plus après vingt et un jours et longues nuits, dit Lina en accentuant le ton sur le mot « nuits ».

— Tu habiteras la maison pendant mon absence ? lui demanda Sarah.

— Tu es folle ? répondit Lina.

— Autant que Michael ! répondit-elle du tac au tac.

— Tu veux me prêter ton château ?

Sarah la regarda en fronçant les sourcils. Elle ne voulait pas que Michael sache à propos de l'héritage.

— Elle exagère toujours ! tenta de rectifier Sarah.

— Si tu insistes ! continua Lina, démontrant sa joie malgré la douleur au ventre.

— Ce sera mon cadeau de Noël, répliqua Sarah.

— Vous partez bientôt ? s'informa Lina.

— Le 22 janvier ! Tu auras le temps de récupérer complètement ! répondit Michael d'un ton protecteur.

— Nous allons te laisser te reposer, dit Sarah en se levant et en tendant la main à Michael.

Il se leva également et prit sa main de façon amoureuse et la lui caressa doucement.

— Vous partez déjà ? demanda Lina, visiblement peinée qu'ils partent si tôt.

— Vaut mieux que tu te reposes, dit Michael, appuyant l'idée de Sarah.

Lina n'insista pas. Je crois qu'elle lut dans leur attitude la même chose que moi. Dans leurs regards qui devenaient amoureux, ils n'avaient qu'une envie, se retrouver seuls pour la première fois en cette nuit de Noël.

« Que c'est difficile, Sarah ! Pour la première fois, de te voir partir, de te voir redevenir heureuse lentement auprès de Michael me fait plus qu'un pincement au cœur. De te voir, c'est un peu comme si en ce moment, on m'avait volé des moments de bonheur auprès de toi. Je suis parti trop vite, n'ayant même pas eu le temps de te dire au revoir, de te serrer dans mes bras, de te dire que je t'aime. Ce n'est pas une lettre qui remplacera tout cela. Je l'ai écrite et tu l'as déjà lue, alors que reste-t-il maintenant ? Que des souvenirs...

Ta vie continue mais la mienne reste en attente d'un espoir qu'un jour l'on se retrouvera. Mais où ? Je crois, ou plutôt je veux, ce soir, me retirer quelque temps. Je me dois de m'éloigner un peu de toi, ma tendre Sarah. Je n'ai été témoin que de votre premier baiser et plus le temps passe, plus je me sens voyeur. J'ai ce soir l'impression de violer quelque chose qui t'appartient. Je ne désire pas être témoin de ce que vous découvrirez ensemble. Lorsque je repense à nos moments à nous, je réalise que je n'aurais probablement pas apprécié que quelqu'un soit témoin de ce qui est seulement à nous. Sache que je t'aime de toute mon âme, ma belle Sarah, mais ce soir, j'ai de la peine tout en étant heureux pour toi... »

Chapitre 50

— Premier appel pour les passagers du vol AA1122. Tous les passagers sont priés de se rendre à la passerelle numéro 65 pour l'embarquement, dit une voix résonnant dans tout l'aéroport.

— C'est votre tour ! dit Lina en serrant Sarah puis Michael dans ses bras.

— Bon voyage, dit Angelo.

— On se revoit dans trois semaines ! cria Sarah en agitant le bras avant de passer derrière la porte givrée pour se diriger au premier contrôle de la douane.

— Merci d'être venus nous reconduire, dit Michael en les saluant à son tour.

Elle marcha devant lui d'un pas sautillant. Ses yeux brillaient de joie, d'excitation et peut-être d'amour.

— C'est le vol 1122 ? s'exclama Sarah en regardant Michael, l'air étonné.

— Qu'y a-t-il de si étonnant ?

« Peut-être te rappelle-t-il quelque chose ? »

— C'était… rien, répondit-elle, songeuse.

« Mon numéro de chambre ? Tu te rappelles ? »

Je crus, un moment, voir la tristesse croiser son regard mais elle se ressaisit aussitôt lorsque le douanier lui indiqua de passer sous le détecteur de métal. Michael la suivait de près la couvrant de nombreuses attentions comme tenir son sac, l'aider à trouver les billets et porter sa veste.

215

Il prit finalement sa main qu'elle accepta naturellement. Son sourire en disait long.

« Tu me sembles bien heureuse aujourd'hui, mon ange! J'ai l'impression de te retrouver telle que tu étais lors des premières semaines de notre relation. Le temps passe, de là où je suis, à mes yeux, c'est tout comme si tu recommençais l'histoire que nous avions débutée ensemble. Je suis heureux pour toi...»

— Tu es heureuse, Sarah? lui demanda Michael.
Elle s'arrêta, se tourna vers lui et l'embrassa passionnément en posant ses mains de chaque côté de sa nuque. Lorsqu'elle recula, il se rapprocha pour lui donner un autre baiser rapidement sur la joue.
— Ça répond à ta question? dit-elle en lui touchant le bout du nez.
— Pas certain! Tu veux répéter?
Ils éclatèrent de rire.

Je les voyais devenir complices tout conservant une certaine timidité l'un envers l'autre.

— Je suis vraiment heureuse de partir avec toi en Jamaïque. C'est un merveilleux cadeau que tu m'as offert.
— Un cadeau que je nous ai offert! J'en profiterai autant sinon plus que toi, dit-il en se collant amoureusement contre elle tout en marchant.
— Tu es riche? lui lança-t-elle.
Surpris de cette question, il eut un geste de recul mais continua à marcher.
— C'est important de savoir cela? lui demanda-t-il, affichant un air curieux.
— Pas vraiment! répondit-elle spontanément.
— Alors à toi de voir par toi-même! En ce qui me concerne, ma définition de la richesse se résumerait en quelques mots: être avec une personne que l'on aime et qui nous aime. Alors oui, je suis très riche, continua-t-il avec un brin de romantisme dans la voix.

« Ce qu'il a raison ! Tu en as de la chance d'avoir un tel homme à tes côtés. Je suis heureux pour toi qu'il soit quelqu'un de bien. Peut-être finiras-tu par m'oublier vraiment... »

Ils marchèrent encore quelques minutes avant de se diriger vers la passerelle intérieure qui s'étirait jusqu'à l'engin métallique qui les emportera. Ce que j'aurais aimé lui offrir ou plutôt nous offrir une telle chance de s'envoler ensemble en amoureux au bout du monde.

« Aujourd'hui, tu en as de la chance, mon ange, et tu le mérites ! Tu me sembles être entre bonnes mains et de te voir sourire est ce qui me rend le plus heureux maintenant. »

Michael s'arrêta net juste avant de lever le pied pour franchir le seuil de l'avion et retint Sarah.
— Qu'est-ce que tu fais ? lui demanda-t-elle.
— Tu es prête à vivre une merveilleuse aventure ?
— Plus que tu ne peux le croire ! répondit-elle d'un ton moqueur.

Il la regarda d'une façon qui me parut étrange. Il passa devant elle et salua l'hôtesse qui les accueillait en leur souhaitant un bon voyage.

Chapitre 51

— Tu devrais te mettre à l'ombre ! Avec la couleur que tu as, ils te prendront pour une Jamaïcaine et les douaniers refuseront de te laisser sortir !

— Il nous reste encore une semaine, alors j'ai le temps de pâlir un peu si je suis tes conseils ! répondit-elle nonchalamment, un verre à la main et les yeux fermés.

— C'est magnifique ici ! Malgré les deux semaines déjà écoulées, je resterais encore quelques semaines ! Je ne me lasse pas de te regarder changer de couleur !

— Ha ha ha ! Regarde plutôt la mer ! Elle n'y sera plus d'ici sept jours ! répliqua-t-elle en ouvrant un œil.

— Tu aimerais faire quelque chose, visiter un peu, cette semaine ? lui proposa-t-il.

— Peut-être ! Tu as des idées ?

— Du shopping ? suggéra-t-il.

— Nah ! Pas avec cette chaleur ! Il faudrait quelque chose de plus rafraîchissant !

— Tu veux voir du pays ? Visiter ?

— Hum, peut-être ! Mais pas le goût de m'enfermer et de suivre un groupe.

— Que dis-tu d'une balade en moto ? coupa-t-il.

— Bonne idée ! Mais je ne conduis pas !

— Parfait ! Je serai ton guide !

— Tu sais conduire une moto ? s'informa-t-elle.

— Tu veux rire ! J'en ai déjà deux !

— Tu es un motard ?

Il se mit à rire.

— Quelque chose contre les motards, mademoiselle ?

— Oui ! La moto !

— Difficile de séparer le motard de son engin !
— D'accord pour la balade mais pas de vitesse !
— Promis ! Je vais m'informer pour savoir où je peux en louer. Tu viens avec moi ?
— Non ! Je préfère rester ici. Je t'attends !
— À votre service, belle dame !

Il se pencha vers elle et l'embrassa. Lorsqu'il eût fait quelques pas, elle se leva pour voir s'il était loin. Elle releva le dossier de sa chaise longue et plongea la main dans son sac de plage. Elle sortit un petit carnet, un crayon et un baladeur dans lequel elle inséra un disque compact. Elle mit les écouteurs et ouvrit le petit carnet.

« Stuck on you, I've got this feeling down deep in my soul that I just can't lose, guess I'm on my way... », chanta-t-elle avec la musique de la chanson *Stuck on You* de Lionel Ritchie.

« Mais c'est notre chanson ! Tu écoutes notre chanson ? Tu ne m'oublies pas alors ? Wow ! Malgré cet endroit paradisiaque, Michael qui est plus beau qu'un prince charmant et si gentil avec toi, tu penses encore à moi ? Quelle joie ! Quel bonheur !

Mais... mais... mais qu'est-ce que tu as ? Non ! Non ! Ne pleure pas Sarah ! Ne gâche pas ton bonheur, pas maintenant ! Je suis là, tout près ! Ne t'inquiète pas pour moi. Si tu pouvais m'entendre, sentir ce que je ressens encore pour toi, tu comprendrais combien tu me manques aussi. Il est vrai que j'ai un net avantage sur toi de pouvoir te voir, presque te sentir, mais reste forte telle que je t'ai connue et regarde devant toi, prends tout ce que la vie t'offre de plus beau et ne garde que le meilleur sans t'accrocher au passé, sinon pour te rappeler de beaux souvenirs pour te rendre encore plus heureuse et non pas te rendre triste. Si je le pouvais, je te dirais combien je sais que tu ne m'oublies pas, que je suis là tout près, que de là où je suis, je t'aime et veille sur toi. »

— C'est fait ! dit Michael, la faisant sursauter.
— Déjà ? dit-elle en retirant ses écouteurs.
— Qu'écoutes-tu ?
— Rien.

— Rien! Tu te fais bronzer avec des écouteurs, maintenant? répliqua-t-il, lui faisant réaliser qu'il n'était pas dupe.

— J'écoutais une chanson.

— Tu penses à Gabriel, c'est ça? dit-il, déçu.

Elle le regarda sans répondre. Il se releva et prit sa chaise longue. Il l'approcha de la sienne et s'étendit.

— Tu es fâché?

— Plutôt déçu mais je comprends, dit-il en replaçant ses verres fumés.

— Tu es certain que tu comprends?

— Ce dont je suis certain, c'est que malgré ce qui se bâtit entre nous, il est toujours là entre nous, lui aussi. Je sais que ce n'est pas facile de perdre quelqu'un que l'on a aimé mais réalises-tu, Sarah, qu'il n'a passé que quelques mois dans ta vie?

— Et ça devrait changer quelque chose?

— Pour moi, oui, dit-il, l'air fermé.

— Il est et sera peut-être toujours présent en moi non seulement à cause du peu de temps qu'il a passé dans ma vie mais surtout pour tout ce que nous avons partagé. D'une certaine manière, j'ai été quelqu'un d'important qui lui a donné un dernier espoir en la vie et pour moi, il a aussi été quelqu'un de très important mais à un autre niveau.

— Lequel?

— Il m'a redonné espoir en l'amour.

— Mais tu l'as quitté!

Des larmes coulèrent sur ses joues. Il venait de lui lancer à la figure ce pourquoi elle culpabilisait depuis le jour de mon décès et même possiblement bien avant.

— J'ai eu peur.

— Tu parles!

— Tu sais, Michael, il m'a fait découvrir que c'était encore possible d'être heureux à deux, et si nous sommes aujourd'hui ensemble, c'est en partie à cause du passage de Gabriel dans ma vie.

— Comment peux-tu en être certaine? demanda Michael qui tourna la tête vers elle.

— Il a ouvert une porte que j'avais fermée pour toujours et lorsqu'il l'a entrouverte, j'ai eu peur. Mais aujourd'hui, si je suis ici avec toi, c'est un peu grâce à lui.

« *Tu ne peux imaginer la joie que j'ai en ce moment. Tu ne m'oublies pas, toi mon ange que j'aime tellement. Sois certaine que je ne t'oublierai jamais, moi non plus. Tu me fais réaliser encore aujourd'hui combien l'amour ne se perd pas dans le temps. Il se poursuit tel un fil conducteur nous ramenant par moment l'un vers l'autre avec beaucoup de tendresse.*

— Je m'excuse, dit-il.

— Pourquoi ? demanda-t-elle en lui tendant la main.

Il la prit et la caressa doucement de ses doigts délicats.

— C'est dans la nature des hommes d'être jaloux sans raison lorsque celle que l'on aime éprouve encore des sentiments pour un autre.

— Tu es sérieux ?

— Quoi ? dit-il, ne comprenant pas sa question.

— Tu as dit : celle que l'on aime.

Il se leva, poussa sa chaise d'environ un mètre et s'agenouilla dans le sable. Il mit sa main droite sur le ventre de Sarah. Elle releva ses lunettes fumées.

— Je t'aime, Sarah.

J'étais à nouveau témoin d'un moment important dans leur vie à deux : leurs premiers vrais mots d'amour. À nouveau, je me sentis de trop, d'ailleurs, je ne me sens plus vraiment à ma place en les observant, même à quelques moments ici et là. Malgré que je lui aie promis, dans ma lettre, de veiller sur elle si je le pouvais, il me semble maintenant qu'il serait temps bientôt que je m'éloigne pour de bon.

— Michael, je ne sais encore vraiment ce que veut dire aimer mais je crois qu'avec toi je l'apprendrai.

Il s'approcha pour la serrer dans ses bras et l'embrassa discrètement sur l'épaule tout en lui caressant la taille. Elle resserra son étreinte en l'enlaçant fermement, appuyant ses seins contre son torse bronzé.

Chapitre 52

— Tu es prête ? demanda Michael en tournant la poignée de l'accélérateur de la moto tout en retenant le frein.

— Un moment, j'attache mon casque.

Elle se plaça confortablement sur le siège, posa ses pieds sur le marchepied et mit ses mains autour de sa taille.

— Ça va, maintenant ?

— Oui, mon capitaine !

— Nous ne sommes pas en bateau mais en moto !

— En avant, mon motard de vacances !

Il démarra lentement sous le soleil ardent du midi, roulant sur l'autoroute asphaltée. Je voyais Sarah tourner la tête de gauche à droite, lentement, en observant le paysage. Michael conduisait lentement, lui caressant par moment le genou en ne tenant qu'une poignée.

— Les mains sur les poignées, lui disait Sarah par moment.

— Tu aimes ?

— C'est magnifique ! L'air salin est vraiment ce qu'il y a de mieux ! Et je suis en compagnie du meilleur chauffeur, dit-elle en s'appuyant contre son dos.

— Tu n'as pas peur ?

— Pas du tout !

Ils roulèrent une cinquantaine de kilomètres en pointant du doigt ici et là un oiseau, une maison, un animal dans un champ.

— On s'arrête ici ? demanda-t-il en pointant un terrain vaste d'où l'on pouvait voir la mer au loin.

222

De là où je suis

— Pourquoi pas! répondit-elle en s'agrippant à la barre métallique derrière elle.

Il quitta la route et emprunta un chemin de terre sablonneux. La moto vacillait mais les habiletés de conducteur de Michael leur permirent de rouler le demi-kilomètre sur le chemin de terre sans devoir descendre de la moto.

— Quelle chaleur! dit-il en retirant son casque après avoir coupé le contact.

— J'adore!

— Tu m'adores?

— Je parlais du paysage!

— Ah bon! fit-il, mine d'être déçu.

— J'adore tout ce qu'il y a ici, à commencer par l'homme qui me conduit au bout du monde!

— C'est bon de l'entendre!

— J'ai dit quelque chose? dit-elle pour le taquiner.

— Que je t'aime, Sarah, ma belle Sarah, dit-il en pesant ses mots.

Elle s'approcha de lui pour le serrer dans ses bras mais je pus lire à son expression qu'elle était songeuse.

— C'est la première fois, dit-elle.

— La première fois?

— Que tu m'appelles ta belle Sarah!

— Et ça cause un problème?

Elle se contenta de l'étreindre de toutes ses forces. Je vis toutefois la nostalgie envahir son visage appuyé contre son torse. Elle regardait la mer les yeux fixes.

« Ces paroles te rappellent quelqu'un? Ne t'enferme pas dans cette prison, Sarah. Vis ta vie, mon tendre amour. Tu es encore jeune et la vie s'ouvre devant Michael et toi. Profitez-en. Vous êtes bien ensemble, vous vous entendez à merveille, alors vivez votre amour. Essaie de ne pas tout gâcher en tentant de faire revenir le passé dans le présent. Un jour, mon ange, nous nous retrouverons...

— Prêt pour une randonnée plus rapide? dit-elle en se dégageant.

— Tu veux faire de la vitesse?

— Un peu! Tu as peur? dit-elle pour le taquiner.

— Allons-y, fit Michael en remontant sur la moto.

Elle s'installa derrière lui et posa ses mains sur ses hanches.

— Tu es prête?

— Go! dit-elle en se collant contre son dos.

Il démarra et roula lentement jusqu'à ce qu'ils atteignent la route asphaltée. Deux autos passèrent. Il tourna la tête vers la gauche puis vers la droite et accéléra.

— Nooooooooonnnnnnnnnnnnnnnnnnnnn, cria Sarah en voyant une voiture foncer à toute vitesse sur eux.

« *Nooonnnnnnnnnnnn! Sarah! Sarah! Sarah, mon ange! Ne bouge pas. Les secours arriveront bientôt.*

— Gabriel?

— *Sarah?*

— Michael? Gabriel?

— *Tu m'entends mon ange?*

— C'est toi? C'est toi, Gabriel?

— *Tu m'entends?*
— Gabriel? C'est toi mon amour?

— *Sarahhhhhhhhhhh, mon bel amour...*

— Vite, vite, la femme perd beaucoup de sang. Je sens à peine son pouls. Vite! Conduisez-la à l'hôpital, je m'occupe de l'homme à ses côtés.

FIN